ARSÈNE LUPIN

MAURICE LEBLANC

ARSÈNE LUPIN
E A MULHER DE DOIS SORRISOS

Tradução
Luciene Ribeiro
dos Santos

Principis

Esta é uma publicação Principis, selo exclusivo da Ciranda Cultural
© 2021 Ciranda Cultural Editora e Distribuidora Ltda.

Traduzido do original em francês
La Femme aux deux sourires

Texto
Maurice Leblanc

Tradução
Luciene Ribeiro dos Santos

Preparação
Tuca Dantas

Revisão
Agnaldo Alves

Produção editorial
Ciranda Cultural

Diagramação
Linea Editora

Design de capa
Ciranda Cultural

Imagens
alex74/shutterstock.com;
YurkaImmortal/shutterstock.com;
Elena Iargina/shutterstock.com;
galinakistruga/shutterstock.com;
Orfeev/shutterstock.com

Dados Internacionais de Catalogação na Publicação (CIP) de acordo com ISBD

M425a Leblanc, Maurice

Arsène Lupin e a mulher de dois sorrisos / Maurice Leblanc ; traduzido por Luciene Ribeiro dos Santos. – Jandira, SP : Principis, 2021.
224 p. ; 15,5cm x 22,6cm. - (Arsène Lupin)

Tradução de: La Femme aux deux sourires
ISBN: 978-65-5552-552-6

1. Literatura francesa. 2. Ficção. I. Santos, Luciene Ribeiro dos. II. Título. III. Série.

CDD 843
2021-2229   CDU 821.133.1-3

Elaborado por Vagner Rodolfo da Silva - CRB-8/9410

Índice para catálogo sistemático:
1. Literatura francesa : Ficção 843
2. Literatura francesa : Ficção 821.133.1-3

1ª edição em 2021
www.cirandacultural.com.br
Todos os direitos reservados.
Nenhuma parte desta publicação pode ser reproduzida, arquivada em sistema de busca ou transmitida por qualquer meio, seja ele eletrônico, fotocópia, gravação ou outros, sem prévia autorização do detentor dos direitos, e não pode circular encadernada ou encapada de maneira distinta daquela em que foi publicada, ou sem que as mesmas condições sejam impostas aos compradores subsequentes.

SUMÁRIO

Prólogo – O estranho ferimento 7

Clara, a Loura 14

O cavalheiro do mezanino 20

O cavalheiro do primeiro andar 29

Um roubo na noite 41

Primeiro embate 51

Castelo à venda 58

Um estranho colaborador 67

Em busca do Grande Paul 78

O Bar dos Lagostins 86

O Cassino Azul 95

Os dois sorrisos 107

A emboscada 118

Rivalidade 126

O assassinato 138

Zozotte 147

Angústia 156

Os dois sorrisos se explicam 162

Gorgeret perde a cabeça 174

Austerlitz? Waterloo? 185

Raoul entra em cena 194

O crime de Perseu 206

PRÓLOGO
O ESTRANHO FERIMENTO

O drama, com as circunstâncias que o antecederam e as suas reviravoltas, pode ser resumido em poucas páginas, sem corrermos o risco de deixar nas sombras o menor episódio que deva ser levado em conta para se chegar à verdade inacessível.

Tudo aconteceu da maneira mais natural possível. Não houve nenhuma premonição do mal, nem percepções sutis do choque que estava por vir. Nenhum sopro de vento havia anunciado a tempestade. Nenhuma angústia. Nenhuma só desconfiança no seio daqueles que foram os espectadores assustados desse fato tão trivial, mas tão trágico pelo mistério impenetrável que o envolveu.

Eis os fatos: o senhor e a senhora de Jouvelle, bem como os convidados que recebiam em seu castelo de Volnic, no Auvergne – um vasto casarão com torres, coberto com azulejos vermelhos –, tinham assistido a um concerto da admirável cantora Elisabeth Hornain, em Vichy. No dia seguinte, 13 de agosto, a convite da senhora de Jouvelle (que tinha conhecido Elisabeth antes de seu divórcio do banqueiro Hornain), a cantora veio almoçar com eles, estando o castelo a apenas uma dúzia de quilômetros de Vichy.

Foi um almoço muito alegre. Os senhores sabiam trazer em suas boas-vindas aquela graça e delicadeza que dão alívio a cada um dos convidados. Esses, em número de oito, confraternizavam com alegria e animação. Havia três jovens casais, um general aposentado e o marquês Jean de Erlemont, um cavalheiro de cerca de quarenta anos, a cujo encanto e sedução nenhuma mulher era capaz de resistir.

Mas a homenagem dessas dez pessoas, seu esforço para agradar e brilhar, eram dirigidos a Elisabeth Hornain, e nenhuma palavra era pronunciada em sua presença sem que tivesse motivo para fazê-la sorrir ou atrair seu olhar. Ela, no entanto, não se esforçava para agradar ou para brilhar. Ela pronunciava apenas algumas frases, nas quais havia bom senso e delicadeza, mas nenhuma inteligência ou vivacidade. E havia necessidade? Ela era linda. Sua beleza ofuscava a tudo. Se ela dissesse as coisas mais profundas, elas se perderiam no brilho de sua beleza. Diante dela, não se podia pensar em mais nada: apenas nos seus olhos azuis, nos seus lábios sensuais, no brilho de sua pele, no formato de seu rosto. Mesmo no teatro, apesar de sua voz poderosa e de seu verdadeiro talento como cantora de ópera, ela fazia sucesso principalmente por ser bela.

Ela sempre usava vestidos muito simples, o que também não seria notado se fossem mais elegantes, pois só se pensava na graça de seu corpo, na harmonia de seus gestos e no esplendor de seus ombros. Sobre seu corpete fluíam colares maravilhosos, que se entrelaçavam em uma deslumbrante desordem de rubis, esmeraldas e diamantes. Se alguém a elogiava, ela reprimia a admiração com um sorriso:

– Joias do teatro... Mas devo admitir que são imitações perfeitas.

– Eu poderia jurar... – diziam eles.

Ela respondia:

– Eu também... E todos se deixam enganar por elas...

Após o almoço, o marquês de Erlemont agiu de uma tal forma que conseguiu mantê-la afastada e falar com ela a sós. Ela o ouvia com interesse e um certo ar de devaneio.

Os outros hóspedes formaram um grupo em torno da dona da casa, que parecia estar aborrecida com esse afastamento.

– Ele está perdendo tempo – murmurou ela. – Eu conheço Elisabeth há anos. Nenhuma esperança para os amantes. Ela é como uma estátua, linda e indiferente. Vá em frente, meu rapaz, pode fazer sua pequena comédia e lançar mão de seus melhores truques... Não há o que fazer.

Todos estavam sentados no terraço, à sombra do castelo. Um jardim sem flores se estendia a seus pés, com suas linhas retas, seus gramados verdes, seus caminhos de areia amarela, seus canteiros plantados com árvores de teixo podadas. Ao final, as ruínas que restavam do velho castelo, das torres, do moinho e da capela, dispostas sobre os montes, onde caminhos subiam pela mata de louro, buxos e azevinho.

O lugar era majestoso e poderoso, e o espetáculo tomava ainda mais força quando se sabia que, além dessas prodigiosas ruínas, havia o vazio de um precipício. O lado oposto caía acentuadamente sobre uma ravina que circundava a propriedade, e na cavidade da qual bramiam, a uma profundidade de cinquenta metros, as águas de uma torrente furiosa.

– Que cenário! – exclamou Elisabeth Hornain. – Quando penso no nosso cenário pintado! Na tela, com suas paredes trêmulas, e na tapeçaria de árvores artificiais! Seria maravilhoso atuar em cenários como este!

– Quem a impediria de cantar aqui, Elisabeth? – indagou a senhora de Jouvelle.

– A minha voz se perderia nesta imensidão.

– Não a sua voz – protestou Jean de Erlemont. – E seria tão bonito! Dê-nos esse privilégio...

Ela ria, procurava desculpas e se debatia em meio a todas as pessoas que insistiam e imploravam ao seu redor.

– Não, não... – disse ela. – Eu nunca deveria ter sugerido tal coisa... Seria ridículo... um pigmeu levantando sua voz!

Mas sua resistência diminuía. O marquês tinha agarrado sua mão e tentava arrastá-la.

– Venha... Eu lhe mostrarei o caminho... Venha... Isso nos daria tanto prazer!

Ela hesitou novamente, mas depois disse, finalmente convencida:

– Que seja. Acompanhem-me até o pé das ruínas.

Subitamente decidida, ela atravessou o jardim, com aquele andar fácil e bem ritmado que possuía no palco. Além dos gramados, ela subiu cinco degraus de pedra que a levaram ao terraço, em frente ao castelo. Outros degraus se ofereciam, mais estreitos, com uma rampa onde se alternavam potes de gerânios e antigos vasos de pedra. Uma alameda de louros estendia-se à esquerda. Ela entrou, seguida pelo marquês, e desapareceu atrás da cortina de arbustos.

Um momento depois, ela pôde ser vista novamente, desta vez sozinha, escalando os degraus mais íngremes, enquanto Jean de Erlemont refez seu caminho até o jardim. Finalmente ela apareceu outra vez, ainda mais acima, em uma plataforma onde se encontravam os três arcos góticos da capela arruinada, e uma cortina de hera que velava o espaço vazio.

Ela parou. De pé sobre um monte, que era como um pedestal, parecia muito alta, com proporções sobre-humanas; e, quando estendeu seus braços e começou a cantar, seu gesto e sua voz pareciam preencher o vasto teatro natural de folhagem e granito, coberto pelo céu azul.

O senhor e a senhora de Jouvelle e seus convidados ouviam e observavam com os rostos contritos, e com aquela impressão que sentimos quando as lembranças se formam no fundo de nós, que sabemos que nunca serão esquecidas. Os funcionários do *château*, o pessoal da fazenda que se encontrava junto aos muros da propriedade, e uma dúzia de camponeses da aldeia vizinha, se agrupavam em todos os portões, e em todos os cantos do terreno, e cada um podia sentir toda a beleza mágica daquele momento.

Nem uma alma poderia discernir o que Elisabeth Hornain estava cantando. Sua voz subia e caía em notas sonoras, ora respirando de tragédia, ora cheias de vida e esperança. E, de repente...

É preciso lembrar que tudo estava ocorrendo com absoluta segurança, e que não havia razão, humanamente possível, para que tudo isso não chegasse a uma conclusão serena. O que se seguiu foi repentino, inesperado. Quaisquer que fossem as diferentes impressões nas diversas mentes dos espectadores, todos estavam de acordo – como testemunharam mais tarde – de que o fato ocorreu como uma repentina explosão, totalmente imprevisível (a mesma expressão foi repetida nos depoimentos).

Sim, de repente, houve uma catástrofe. A voz mágica se interrompeu, abruptamente. A estátua viva, que ali cantava no espaço fechado, vacilou em seu pedestal de ruínas e de repente desabou, sem um grito, sem um gesto de medo, sem um movimento de defesa ou angústia. Imediatamente, irrevogavelmente, todos tiveram a convicção de que não houve luta ou agonia, e que não se tratava de uma mulher que estava morrendo, mas de uma mulher que a morte havia atingido desde o primeiro segundo.

De fato, quando chegaram à esplanada superior, Elisabeth Hornain jazia, inerte e lívida... Congestão? Ataque cardíaco? Não. O sangue corria, profusamente, de seus ombros nus e de sua garganta.

Todos viram imediatamente o sangue bem vermelho, que jorrava. E ao mesmo tempo em que constataram esse fato incompreensível, alguém disse com um grito de espanto:

– As joias desapareceram!

Seria tedioso recordar os detalhes dessa investigação, que na época se tornou uma febre nacional. Investigação inútil, aliás, e rapidamente concluída. Os magistrados e policiais que a conduziram, desde o início, se depararam com uma porta fechada, contra a qual todos os esforços foram em vão. Todos tiveram a profunda impressão de que não havia nada a ser feito. Um crime, um roubo. Isso era tudo.

Pois o crime era indiscutível. Não foi encontrada nenhuma arma, nenhum projétil, nenhum assassino. Mas quanto a negar o crime, ninguém pensou no assunto. Das quarenta e duas pessoas presentes, cinco disseram ter visto um brilho em algum lugar, embora as cinco declarações não concordassem quanto à localização e direção do brilho. Os outros trinta e sete não tinham visto nada. Da mesma forma, três pessoas afirmaram ter ouvido o ruído de um disparo, enquanto as outras trinta e nove disseram não ter ouvido nada.

De qualquer forma, a consumação do crime estava fora de discussão, pois tinha havido um ferimento. Um ferimento terrível, assustador; um talho no alto do ombro esquerdo, logo abaixo do pescoço, feito por uma bala monstruosa. Uma bala? Mas o assassino teria que estar empoleirado nas ruínas, em um local mais elevado que a cantora, e essa bala teria penetrado profundamente na carne e causado devastação interna, o que não aconteceu.

Parecia que a ferida, da qual o sangue se derramava, havia sido feita por um instrumento contundente, como um martelo ou um bastão. Mas quem teria empunhado o martelo ou o bastão, e como poderia tal gesto ter permanecido invisível?

E, por outro lado, o que houve com os colares? Se tinha ocorrido um crime e um roubo, quem teria cometido ambos? E que milagre tinha permitido ao agressor escapar, se alguns dos criados, postados nas janelas do último andar, não tinham tirado os olhos da cantora, da esplanada onde ela cantava, do corpo que caía, do cadáver que jazia no chão? E como todas essas pessoas teriam visto, sem dúvida, as idas e vindas de um homem, seu voo entre os arbustos, sua fuga frenética... Se, atrás do terreno, as ruínas mergulhavam em um penhasco íngreme que era materialmente impossível de subir ou descer?

Estaria ele debaixo da hera, ou em algum buraco? As buscas prosseguiram por duas semanas. O jovem policial Gorgeret, ambicioso e tenaz, que já havia sido bem-sucedido em alguns casos, foi chamado a vir de Paris. Foi uma perda de tempo. As investigações foram infrutíferas. O caso foi encerrado, para grande aborrecimento de Gorgeret, que prometeu a si mesmo nunca o abandonar.

Assustados com esse drama, o senhor e a senhora de Jouvelle deixaram Volnic, anunciando sua intenção formal de nunca mais voltar. O castelo foi posto à venda, totalmente mobiliado, tal como estava.

Alguém o comprou, seis meses depois. Ninguém sabia quem era, pois o tabelião, Mestre Audigat, havia negociado a venda cm grande segredo.

Todos os criados, peões da fazenda e jardineiros foram dispensados. Somente a grande torre, sob a qual passava o arco, permaneceu habitada por um idoso que tomava conta da propriedade, com sua esposa: o senhor Lebardon, um ex-policial aposentado.

O povo da aldeia tentava em vão fazê-lo falar, mas toda curiosidade era frustrada. Ele mantinha um obstinado silêncio. No máximo, notava-se que, em várias ocasiões, talvez uma vez por ano, e em momentos diferentes, um cavalheiro chegava à noite de automóvel, dormia no castelo, e ia embora na noite seguinte. Era o proprietário, sem dúvida, que vinha conversar com Lebardon. Mas não havia certeza. Não se sabia mais nada.

Onze anos mais tarde, o policial Lebardon faleceu.

Sua esposa permaneceu sozinha na torre. Tão quieta quanto seu marido, ela não dizia nada sobre o que acontecia no castelo. O que acontecia lá dentro?

E mais quatro anos se passaram.

CLARA, A LOURA

Estação de Saint-Lazare. Entre as barreiras da plataforma e o grande salão de vendas de passagens, um fluxo frenético de passageiros ia e vinha, em uma intrincada confusão de chegadas e partidas, correndo precipitadamente pelas portas e corredores. Relógios de sinalização, munidos de ponteiros imóveis, indicavam os horários e os destinos dos trens. Cobradores verificavam e perfuravam os bilhetes.

Dois homens, que não pareciam participar dessa pressa febril, passeavam entre os grupos. Um, gordo e musculoso, com rosto antipático e expressão dura; o outro, frágil e magro; ambos tinham bigodes e usavam chapéus-coco.

Eles pararam diante de um relógio que não sinalizava nada, onde quatro funcionários estavam atendendo. O mais magro dos dois homens aproximou-se e perguntou, educadamente:

– A que horas chega o trem das quinze e quarenta e sete?

O funcionário respondeu, em tom de resmungo:

– Às quinze e quarenta e sete.

O homem gordo encolheu os ombros, como se lamentasse a estupidez de seu companheiro; e, por sua vez, perguntou:

– Esse é o trem que vem de Lisieux, não é?
– O trem 368, de fato – foi a resposta. – Estará aqui em dez minutos.
– Sem atraso?
– Sem atraso.
Os dois transeuntes afastaram-se e encostaram-se em um pilar. Passaram-se três, quatro, cinco minutos.
– Isso é irritante! – disse o homem gordo. – Não estou vendo o sujeito que nos enviaram da central de polícia.
– Então você precisa dele?
– Por Deus! Se ele não trouxer o mandado, como vamos abordar a viajante?
– Talvez ele esteja nos procurando. Talvez ele não nos conheça.
– Idiota! Que ele não lhe conheça, Flamant, é natural... Mas eu, Gorgeret, inspetor-chefe Gorgeret, que, desde o caso do castelo de Volnic, estou sempre em evidência!
O homem chamado Flamant, ofendido, insinuou:
– O caso do castelo de Volnic é antigo. Quinze anos!
– E quanto ao roubo na Rua Saint-Honoré? E a armadilha onde eu prendi o Grande Paul, por acaso isso remonta às Cruzadas? Não faz nem dois meses!
– Você o pegou... Você o pegou... Mas ele ainda está por aí, o Grande Paul...
– Mas eu me saí tão bem, que sou eu quem está sendo chamado novamente. Aqui, veja se a ordem de serviço não menciona o meu nome?
Ele tirou um papel de sua carteira, desdobrou-o e eles leram juntos.

Central de Polícia
4 de junho.
Ordem de serviço (Urgente)
A amante do Grande Paul, conhecida como Clara Loura, foi vista no trem 368, chegando de Lisieux às 15h47. Enviar imediatamente

o inspetor-chefe Gorgeret. Um mandado será enviado para ele na Estação Saint-Lazare, antes da chegada do trem. Descrição da jovem: cabelos louros ondulados, olhos azuis. Entre 20 e 25 anos de idade. Bonita. Vestida de maneira simples. Aparência elegante.

– Veja... Meu nome está aqui. Como sempre fui eu quem me ocupei do Grande Paul, fui encarregado da captura de sua bela amante.

– Você a conhece?

– Mal. Ainda assim, tive tempo de avistá-la quando arrombei a porta da sala e a apanhei junto com o Grande Paul. Só que, naquele dia, eu tive azar. Enquanto eu o prendia, ela saltou pela janela. E enquanto eu corria atrás dela, o Grande Paul fugiu.

– Então você estava sozinho?

– Estávamos em três. Mas o Grande Paul nocauteou os outros dois.

– Ele é um cara durão!

– Mesmo assim, eu o peguei...

– Se eu fosse você, não o teria deixado escapar.

– Se estivesse no meu lugar, meu amigo, teria sido nocauteado, como os outros dois. Além disso, você tem fama de idiota.

Esse era um argumento decisivo na boca do inspetor-chefe Gorgeret, para quem seus subordinados eram todos idiotas. Ele se orgulhava de ser infalível, e tinha sempre a última palavra em qualquer discussão.

Flamant pareceu se inclinar e disse:

– Em resumo, você teve sorte. O drama de Volnic, para começar... E agora, suas histórias com o Grande Paul e Clara... Sabe o que está faltando em sua coleção?

– O quê?

– A prisão de Arsène Lupin.

– Eu o perdi duas vezes, por um triz – resmungou Gorgeret –, mas da terceira ele não escapa. Quanto ao drama do Volnic, eu ainda estou de olho no caso... Como estou de olho no Grande Paul. Quanto à Clara Loura...

Ele agarrou o braço de seu colega.

– Atenção! Aí vem o trem...

– E onde está o mandado?

Gorgeret deu uma olhada em volta. Ninguém vinha em sua direção. Que chateação!

Ali, naquele instante, no final de uma das linhas, surgia a enorme dianteira de uma locomotiva. O trem se alongou gradualmente, ao longo da plataforma, e depois parou. As portas se abriram, e aglomerados de pessoas lotaram o pavimento.

Na saída, o fluxo de viajantes foi direcionado e enfileirado sob a ação dos controladores. Gorgeret impediu que Flamant avançasse. Qual seria a utilidade disso? Essa era a única saída, e os grupos eram forçados a se separar. Passava apenas uma pessoa por vez. Nesse caso, como poderiam deixar de ver uma mulher cuja descrição foi tão claramente determinada?

De fato, ela apareceu, e a percepção dos dois policiais foi imediata. Só podia ser ela, a mulher denunciada. Era, sem dúvida, aquela chamada Clara, a Loura.

– Sim, sim – murmurou Gorgeret. – Eu a reconheço. Ah, sua malandra, você não vai escapar!

A figura era realmente bonita, meio sorridente, meio desnorteada, com seus cabelos louros ondulados, olhos de um azul brilhante que se distinguia de longe, e dentes cuja brancura destacava-se ou se escondia, de acordo com o movimento dos lábios que pareciam sempre prontos para sorrir.

Ela usava um vestido cinza, com gola de linho branco, que lhe dava a aparência de uma noviça. Sua atitude era discreta, como se estivesse tentando esconder-se. Ela carregava uma pequena mala e uma bolsa de mão, ambos objetos novos, mas muito modestos.

– Seu bilhete, senhorita?

– Meu bilhete?

Foi uma cena e tanto. O seu bilhete? Onde ela tinha guardado? No bolso? Em sua bolsa? Em sua mala? Intimidada, envergonhada pelas pessoas que ela fazia esperar e que se divertiam com seu embaraço, ela pousou sua mala, abriu sua bolsa e finalmente encontrou o bilhete, preso sob uma de suas mangas.

Depois, abrindo caminho através da fila dupla que tinha se formado, ela passou.

– Droga! – rosnou Gorgeret. – Que incômodo não termos o mandado! Nós teríamos conseguido!

– Vamos prendê-la assim mesmo.

– Seu idiota! Vamos segui-la. E nada de movimentos bruscos, certo? Vamos segui-la bem de perto.

Gorgeret era esperto o suficiente, e sabia como seguir uma jovem que já havia escorregado por entre seus dedos com tanta malícia, e cuja desconfiança não deveria ser despertada. Ele permaneceu a distância, notando a hesitação – fingida ou natural – de Clara, a Loura, que tentava encontrar seu caminho como alguém que desembarcava naquela estação pela primeira vez. Ela não ousava pedir informações, e parecia à deriva em direção a um rumo desconhecido. Gorgeret murmurou:

– Muito esperta!

– Como assim?

– Ela quer me fazer acreditar que não sabe como sair da estação! Portanto, se ela hesita, é porque sabe que alguém pode segui-la e que deve tomar precauções.

– É verdade – observou Flamant. – Ela parece sentir-se perseguida. E como é graciosa!

– Não se deixe levar, Flamant! Ela é uma garota muito vivida. O Grande Paul é louco por ela. Olhe, ela encontrou as escadas… Vamos logo.

Ela desceu as escadas e chegou ao pátio. Chamou um táxi.

Gorgeret apressou-se. Ele viu quando ela tirou um envelope da bolsa e leu o endereço para o motorista. Embora ela tivesse falado baixo, ele conseguiu ouvir:

– Leve-me ao número 63 do Cais Voltaire.

E ela entrou. Gorgeret, por sua vez, também parou um táxi. Mas, nesse mesmo instante, o emissário da Polícia, que ele esperara tão impacientemente, o interpelou.

– Ah, é você, Renaud? – disse ele. – Está com o mandado?

– Aqui está – disse o oficial.

E deu-lhe mais algumas informações, que tinha sido encarregado de transmitir a Gorgeret.

Quando o inspetor-chefe estava livre, notou que o táxi que havia chamado já tinha ido embora, e que o de Clara havia virado a esquina da praça.

Ele perdeu três ou quatro minutos. Mas não importava! Ele tinha o endereço!

– Motorista – disse ele ao homem que se apresentou. – Leve-nos ao Cais Voltaire, número 63.

Alguém tinha estado o tempo todo rondando os dois inspetores, desde o momento em que eles se colocaram contra o pilar, aguardando a chegada do trem 368. Era um homem idoso, de rosto fino e peludo, e tez morena, vestindo um sobretudo cor de oliva, que era muito comprido e remendado. Esse homem conseguiu aproximar-se furtivamente do carro, sem ser notado pelos inspetores, no momento em que Gorgeret dava o endereço.

Ele também, por sua vez, saltou para dentro de um táxi e ordenou:

– Motorista, para o número 63 do Cais Voltaire.

O CAVALHEIRO DO MEZANINO

O número 63 do Cais Voltaire é uma mansão particular, que ergue, ao longo do Sena, sua antiga fachada cinza com janelas muito altas. Quase todo o andar térreo e três quartos do mezanino são ocupados pelas lojas de um antiquário e de um livreiro. No primeiro e segundo andares, situa-se o vasto e luxuoso apartamento do marquês de Erlemont, cuja família é proprietária do edifício há mais de um século. Muito rico no passado, e agora um pouco menos abastado à custa de especulações, ele teve que restringir seu padrão de vida e reduzir seu pessoal.

Essa era a razão pela qual ele havia separado uma pequena residência independente no mezanino, composta de quatro quartos, que seu secretário consentia em alugar quando um interessado tivesse a delicadeza de lhe oferecer um bom pagamento. Naquela época, havia um mês que o inquilino era um senhor Raoul, que raramente dormia em casa, e chegava sempre depois de uma ou duas horas da tarde.

Ele vivia acima do alojamento da zeladora e abaixo dos quartos que serviam de escritório ao marquês. Entrava-se num corredor escuro, que levava à sala de visitas. À direita ficava um quarto de dormir, e, à esquerda, o banheiro.

Naquela tarde, a sala de estar estava vazia. Era um cômodo repleto de móveis que pareciam ter sido colocados ao acaso. Nenhuma decoração. Nenhum conforto. Tinha ares de um alojamento temporário, para onde somos levados por circunstâncias passageiras, e de onde o capricho do momento nos faz sair inesperadamente.

Entre as duas janelas, que tinham vista para uma admirável perspectiva do Sena, uma poltrona ficava de costas para a porta da frente, exibindo seu vasto e acolchoado recosto.

Ao lado direito dessa poltrona, uma pequena mesa de pedestal apoiava uma caixa, que parecia um baú de bebidas.

Um relógio encostado a um canto da parede bateu quatro horas. Passaram-se dois minutos. Depois, no teto, houve três batidas em intervalos regulares, como aquelas que anunciam o abrir as cortinas no teatro. Mais três batidas. De repente, ouviu-se um som apressado, de dentro do baú de bebidas, como um toque de telefone, mas discreto e abafado.

Um silêncio.

E tudo começou novamente. Três batidas. O toque abafado do telefone. Mas, dessa vez, o toque persistia e continuava a sair do baú de bebidas, como se fosse uma caixa de música.

– Maldição, que droga, que droga! – rosnou pela sala uma voz rouca, de alguém que acabava de despertar.

Um braço surgiu lentamente, à direita da grande poltrona que ficava de frente para as janelas; um braço que alcançou o tampo da mesa de pedestal, um braço cuja mão levantou a tampa do baú e agarrou o receptor do telefone que estava ali dentro.

O receptor foi levado para o outro lado do recosto, e a voz, mais clara, do cavalheiro invisível chafurdado na poltrona, resmungou:

– Sim, sou eu, Raoul... Você não vai me deixar dormir, Courville? Que ideia estúpida eu tive de colocar seu escritório em contato com o meu! Você não tem o que fazer, não é? Bolas, eu estava dormindo!

Ele desligou. Mas as batidas e o toque do telefone começaram novamente. Então ele atendeu, e um diálogo abafado aconteceu entre o senhor Raoul, do mezanino, e o senhor Courville, secretário do marquês de Erlemont.

– Fale... Desembuche... O marquês está em casa?

– Sim, e o senhor Valthex acabou de deixá-lo.

– Valthex! Valthex, outra vez! Maldição! Além de ser antipático, tenho certeza de que ele tem o mesmo objetivo que nós, provavelmente até sabe o que procurar... E nós ainda não sabemos nada. Conseguiu ouvir alguma coisa atrás da porta?

– Nada.

– Você nunca ouve nada. Então, por que você está me incomodando? Deixe-me dormir, maldição! Tenho um compromisso somente às cinco horas, vou tomar chá com a bela Olga.

Ele desligou. Mas a chamada despertou-o de seu sono, e ele acendeu um cigarro, sem sair do refúgio de sua poltrona.

Anéis de fumaça azul se elevavam acima do recosto.

O relógio marcava quatro horas e dez minutos.

E, de repente, ouviu-se o toque de uma campainha elétrica vindo do vestíbulo, da porta da frente. E, ao mesmo tempo, um painel deslizou entre as duas janelas, obviamente pela ação de um mecanismo controlado pelo som da campainha.

Um espaço retangular, do tamanho de um pequeno espelho, foi descoberto; um pequeno espelho iluminado como uma tela de cinema, refletindo o rosto encantador de uma garota loura de cabelos ondulados.

O senhor Raoul deu um salto, sussurrando:

– Ah, uma garota bonita!

Ele olhou para ela por um segundo. Não, ele definitivamente não a conhecia... Nunca a havia visto antes.

Ele puxou uma mola que recolheu o painel de volta. Depois, olhou-se, por sua vez, em outro espelho, que lhe mostrou a agradável imagem de um cavalheiro de cerca de trinta e cinco anos, em boa forma, de porte elegante e impecavelmente vestido. Um cavalheiro dessa categoria pode muito bem receber a visita de qualquer garota bonita.

Ele correu para o vestíbulo.

A visitante loura estava esperando, com um envelope na mão e uma mala ao seu lado, sobre o tapete da entrada.

– Posso ajudá-la, minha senhora?

– Senhorita – disse ela em voz baixa. Ele repetiu:

– Posso ajudá-la, senhorita?

– É aqui que mora o marquês de Erlemont?

O senhor Raoul percebeu que a visitante estava no andar errado. Enquanto a jovem avançava dois ou três passos para dentro do vestíbulo, ele agarrou a mala e respondeu, com afetação:

– Sou eu mesmo, senhorita.

Ela parou no limiar da sala de estar e murmurou, desconcertada:

– Ah!... Disseram-me que o marquês era... De uma certa idade...

– Eu sou filho dele – disse friamente o senhor Raoul.

– Mas ele não tem filhos...

– É mesmo? Nesse caso, digamos que eu não sou filho dele. Isso não tem importância. Tenho ótimas relações com o marquês de Erlemont, embora não tenha a honra de conhecê-lo.

Habilmente, ele a fez entrar e fechou a porta. Ela protestou:

– Mas, senhor, eu devo ir... Estou no andar errado.

– Justamente... Descanse um pouco... Essas escadas são íngremes como um penhasco...

Ele parecia tão jovial e tinha maneiras tão finas que ela não pôde deixar de sorrir, enquanto tentava sair da sala de estar.

Mas, naquele momento, a campainha tocou, e novamente a tela brilhante surgiu entre as duas janelas, mostrando um rosto sombrio com grandes bigodes.

— A polícia! — exclamou o senhor Raoul, recolhendo o painel. — O que ela está fazendo aqui?

A garota estava aflita, assustada com a aparência daquele rosto.

— Por favor, senhor, deixe-me ir.

— Mas é o inspetor-chefe Gorgeret! Um comunista safado! Um ser repulsivo!... Sei muito bem como a senhorita está incomodada... Ele não deve vê-la aqui, e não vai vê-la...

— Para mim não importa que ele me veja, senhor. Só desejo sair daqui.

— Não, a qualquer custo, senhorita. Não quero que venha a ficar comprometida...

— Eu não ficarei comprometida.

— Sim, sim... Aqui, por favor, venha para o meu quarto. Não? Bem, então, você deve...

Ele riu, apanhado por uma ideia que o divertiu; galantemente ofereceu sua mão à jovem e a fez sentar-se na grande poltrona.

— Não se mexa, senhorita. Aqui você estará protegida de todos os olhares, e em três minutos estará livre. Já que não quer o meu quarto como refúgio, aceitará uma poltrona, não é mesmo?

Ela não pôde resistir a esse ar de decisão e autoridade, tão alegre e bem-humorado.

Ele deu um leve salto, como se quisesse mostrar seu contentamento. Essa seria uma aventura muito agradável. Ele foi abrir a porta.

O inspetor Gorgeret entrou bruscamente, seguido por seu colega Flamant, e gritou imediatamente, em um tom brutal:

— Há uma mulher aqui. A zeladora a viu passar, e a ouviu tocar a campainha.

O senhor Raoul o impediu gentilmente de avançar, e disse-lhe com grande delicadeza:

— Posso saber quem é?

— Inspetor-chefe Gorgeret, da Polícia Judiciária.

– Gorgeret! – exclamou o senhor Raoul. – O famoso Gorgeret! Aquele que quase prendeu Arsène Lupin!

– E que espera prendê-lo em breve – disse o inspetor, cheio de orgulho. – Mas hoje trata-se de outra coisa, ou melhor, de outro jogo. Uma senhora subiu, não é mesmo?

– Uma loura? – disse Raoul. – Muito bonita?

– É o que dizem...

– Então pode não ser a mesma. Aquela de quem estou falando é muito bonita, notavelmente bonita... O sorriso mais delicioso... O rosto mais fresco...

– Ela está aqui?

– Ela acabou de sair daqui. Não faz três minutos que ela tocou a campainha e me perguntou se eu era o senhor Frossin, que mora no número 63 do Boulevard Voltaire. Expliquei seu erro e dei a ela as orientações necessárias para chegar ao local. Ela partiu imediatamente.

– Que pena! – resmungou Gorgeret, que olhou mecanicamente ao redor, avistou distraidamente a poltrona virada e examinou as portas.

– Devo abrir? – propôs o senhor Raoul.

– Não adianta. Não vamos encontrá-la aí dentro.

– O senhor, inspetor Gorgeret, pode ficar à vontade.

– Eu sei – disse Gorgeret, ingenuamente. E ele acrescentou, colocando seu chapéu de volta:

– A menos que ela tenha feito algum de seus truques... Ela é uma verdadeira bandida!

– Uma bandida, aquela loura admirável?

– Bem, agora há pouco, na estação de Saint-Lazare, quase a peguei depois que saiu do trem, após ter sido denunciada... É a segunda vez que ela me escapa.

– Ela me pareceu tão distinta, tão simpática!

Gorgeret fez um movimento de protesto:

— Uma mulher dos diabos, é o que eu digo! Sabe quem ela é? A amante do Grande Paul, só isso!

— Aquele famoso bandido? Ladrão? Assassino, talvez? O Grande Paul, que o senhor quase prendeu?

— E que eu vou prender, como a amante dele, aquela cara de fuinha, chamada Clara Loura.

— Não pode ser! Aquela loura bonita... Seria essa Clara de que os jornais falam, e que vocês procuram há seis semanas?

— A própria. E o senhor entende que essa captura é muito valiosa. Vamos, Flamant? Então, senhor, quanto ao endereço, estamos de acordo? Senhor Frossin, número 63 do Boulevard Voltaire?

— Perfeitamente, esse é o endereço que ela me deu.

O senhor Raoul o conduziu até a porta, com muita gentileza e toda deferência:

— Boa sorte – disse ele, inclinando-se sobre o corrimão da escada. – E tomara que o senhor também prenda o Lupin. É tudo farinha do mesmo saco.

Quando voltou à sala de estar, encontrou a jovem, um pouco pálida, com alguma ansiedade.

— Qual é o problema, senhorita?

— Nada... Nada... Só que esses homens esperavam por mim na estação! Fui denunciada!

— Então, você é realmente a Clara Loura, a amante do famoso Grande Paul?

Ela encolheu os ombros.

— Eu nem sei quem é esse Grande Paul.

— Você não lê os jornais?

— Raramente.

— E seu nome é Clara Loura?

— Não sei do que se trata. Meu nome é Antonine.

– Então, do que a senhorita tem medo?

– De nada. Mesmo assim, eles queriam me prender... Eles queriam...

Ela fez uma pausa e sorriu, compreendendo de repente a infantilidade de sua emoção, e disse:

– Eu acabo de chegar da província, é isso, e perco a cabeça na primeira complicação que acontece. Adeus, senhor.

– Por que tanta pressa? Só um momento, tenho tanto para dizer! Que você tem um lindo sorriso... Um sorriso encantador... Que sorri com os cantos dos lábios...

– Não quero ouvir mais nada, senhor. Adeus!

– Como! Eu acabei de salvá-la e...

– O senhor me salvou?

– Ora! Da prisão!... Do tribunal... Do cadafalso. Eu acho que mereço alguma coisa. Quanto tempo vai ficar com o marquês de Erlemont?

– Meia hora, talvez...

– Bem, eu a aguardo na volta, e tomaremos um chá aqui, como bons amigos.

– Um chá, aqui! Oh, senhor, está aproveitando-se de um erro... Faça-me o favor...

Ela fitou-o com olhos tão severos que ele percebeu a inconveniência de sua oferta, e não insistiu mais.

– Querendo ou não, senhorita, o acaso nos reunirá novamente... E eu ajudarei o acaso. Há encontros que inevitavelmente têm um amanhã... Muitos amanhãs...

Parado na porta de entrada, ele a observou subindo as escadas. Ela se virou para acenar gentilmente, e ele pensou consigo mesmo: "Sim, ela é adorável... Ah! esse sorriso gostoso! Mas o que ela vai fazer na casa do marquês? E depois, o que ela faz da vida? Qual é o mistério de sua existência? Ela, a amante do Grande Paul! Que ela esteja sendo procurada ao mesmo tempo que o Grande Paul, é possível... Mas, amante do Grande Paul... Só a polícia pode inventar tais erros..."

Imediatamente, ele pensou que Gorgeret, depois de dar com a cara na porta no número 63 do Boulevard Voltaire, poderia ter a ideia de voltar, e que havia o risco de um encontro entre ele e a jovem. Isso, a todo custo, tinha que ser evitado.

Mas, ao entrar em seu apartamento, ele bateu na testa e murmurou:

– Oh, meu Deus! Eu esqueci…

E correu para o telefone, aquele que não ficava escondido, com o qual ele se comunicava com a cidade.

– Vendôme, 00-00! Alô! Rápido, senhorita. Alô!… É da casa de modas Berwitz? A rainha está aí, não está? *(Ficando impaciente)*. Perguntei se Sua Majestade está aí… Ela está no provador? Bem, diga-lhe que o senhor Raoul está ao telefone…

E continuou, imperiosamente:

– Parem de me enrolar, certo?… Eu ordeno que chamem Sua Majestade! Sua Majestade ficará muito contrariada se não a chamarem!

Ele esperou, tamborilando o telefone com um gesto nervoso. Do outro lado da linha, alguém atendeu. Ele respondeu:

– É você, Olga? É o Raoul. O quê? Estava provando uma roupa? E está seminua? Ah, sorte de quem conseguir flagrar-lhe assim, bela Olga… Você tem os ombros mais bonitos da Europa Central. Mas, por favor, Olga, não exagere assim nos "*r*"! O que eu estou querendo dizerrrr?… Bem, eu estou fazendo o mesmo… Bom, eu não posso ir ao chá… Não, querrrrida. Acalme-se. Não há mulherrrres aqui. É uma reunião de negócios… Vamos lá, não seja irrrrracional… Vamos, meu amorrrr… Aqui, hoje à noite… No jantarrrr… Posso lhe buscar? Tudo bem… Minha querrrrida Olga…

Ele desligou, e correu rapidamente para se postar atrás de sua porta entreaberta.

O CAVALHEIRO DO PRIMEIRO ANDAR

Sentado em frente à escrivaninha de seu escritório, uma vasta sala repleta de livros que ele raramente lia, mas dos quais admirava as belas encadernações, o marquês de Erlemont organizava seus documentos.

Desde a terrível tragédia do castelo de Volnic, Jean de Erlemont havia envelhecido muito mais do que quinze anos. Seus cabelos estavam brancos, e as rugas haviam se infiltrado em seu rosto. Ele não era mais o belo de Erlemont de outrora, que não conhecia a crueldade das mulheres. Ainda era alto e esguio, mas seu rosto, antigamente animado pelo desejo de agradar, havia se tornado grave, e às vezes preocupado. Suspeitava-se que ele tinha problemas de dinheiro, nos círculos e salões que frequentava. No entanto, nada se sabia, pois Jean de Erlemont era pouco inclinado a confidências.

Ele ouviu a campainha tocar. Aguardou. Tendo batido na porta, o criado veio e lhe disse que uma jovem pedia para ser recebida.

– Sinto muito – disse ele. – Estou ocupado.

O criado saiu e voltou.

– Esta pessoa insiste, senhor marquês. Ela diz ser filha de Madame Teresa, de Lisieux, e traz uma carta de sua mãe.

O marquês hesitou por um momento. Tentava lembrar-se, e repetia consigo mesmo: "Teresa... Teresa...". Em seguida, ele respondeu vivamente:

– Mande-a entrar.

Ele se levantou imediatamente e caminhou em direção à moça, a quem cumprimentou com boa vontade e com as mãos estendidas.

– Bem-vinda, senhorita. Certamente não me esqueci de sua mãe... Mas, meu Deus, como você se parece com ela! O mesmo cabelo... A mesma expressão, um pouco tímida... E, sobretudo, o mesmo sorriso, amado por todos! Então, sua mãe a enviou?

– Mamãe morreu, meu senhor, há cinco anos. Ela escreveu uma carta, que fiz a promessa de lhe trazer, caso eu precisasse de ajuda.

Ela falava calmamente, tendo seu rosto alegre se nublado de tristeza, e ofereceu o envelope no qual sua mãe havia escrito o endereço. Ele o abriu, deu uma passada de olhos sobre a carta, estremeceu e, recuando um pouco, leu:

Se você puder fazer alguma coisa por minha filha, faça-o... Em memória de um passado que ela conhece, mas no qual ela acredita que você só fez o papel de um amigo. Peço-lhe que não a engane. Antonine é muito orgulhosa, como eu, e só precisa de um meio para ganhar a vida. Muito obrigada.

Teresa

O marquês permaneceu em silêncio. Ele se lembrou daquela aventura encantadora, tão belamente iniciada, naquela vila balneária no centro da França, onde Teresa acompanhava uma família inglesa como babá.

Tinha sido para Jean de Erlemont um daqueles caprichos que logo terminavam, assim como começavam; sua natureza descuidada na época, e muito egoísta, o impedia de se dedicar a alguém que se entregara a ele com tanto abandono e confiança. A vaga lembrança de algumas horas era tudo o que retinha em sua memória. Será que, para Teresa, a aventura teria sido algo mais sério, e que comprometera toda a sua vida? Depois da separação brutal e inexplicável, teria ele deixado para trás apenas dor, e uma existência despedaçada, e essa criança?

Ele nunca soube. Ela nunca lhe havia escrito. E eis que esta carta surgia do passado, sob as condições mais perturbadoras... Muito emocionado, aproximou-se da jovem e perguntou:

– Quantos anos você tem, Antonine?

– Vinte e três anos.

Ele tentava se controlar. As datas coincidiam. Ele repetiu, com a voz abafada:

– Vinte e três anos!

Para não cair novamente no silêncio, e satisfazer o desejo de Teresa, desvanecendo as suspeitas da moça, ele disse:

– Eu fui amigo de sua mãe, Antonine, amante e confidente dela.

– Não falemos sobre isso, por favor, meu senhor.

– Então sua mãe guardou más lembranças daquela época?

– Minha mãe ficou em silêncio a esse respeito.

– Que assim seja. Apenas uma coisa. A vida foi muito difícil para ela?

Ela respondeu, com firmeza:

– Ela foi muito feliz, meu senhor, e me deu muitas alegrias. Se eu venho hoje é porque não me entendo mais com as pessoas que me acolheram.

– Conte-me tudo sobre isso, minha filha. A coisa mais urgente, hoje, é cuidar de seu futuro. O que você deseja?

– Não ter que prestar contas a ninguém.

– E não depender de ninguém?

– Eu não tenho medo de obedecer.

– O que você sabe fazer?

– Tudo e nada.

– Isso é muito e pouco. Gostaria de ser minha secretária?

– O senhor não tem um secretário?

– Sim, mas eu não confio nele. Ele me escuta atrás das portas e bisbilhota meus papéis. Você tomará o lugar dele.

– Eu não quero tomar o lugar de ninguém.

– Caramba, então vai ser difícil – riu o marquês de Erlemont.

Sentados próximos um do outro, eles conversaram por muito tempo. Ele, atento e afetuoso; ela, relaxada, despreocupada, mas também com momentos de reserva que o intrigavam um pouco e que ele não compreendia. Ao final, chegaram a um acordo para que ela não o pressionasse muito, e lhe desse tempo para conhecê-la melhor e refletir. Ele deveria partir no dia seguinte, de carro, em uma viagem de negócios. Depois disso, ele passaria cerca de vinte dias no exterior. Ela concordou em acompanhá-lo em sua viagem de carro.

Ela lhe deu, em um pedaço de papel, o endereço do pensionato onde pretendia ficar em Paris, e combinaram que, na manhã seguinte, ele deveria ir buscá-la.

Na antessala, ele beijou a mão dela. Por acaso, Courville estava de passagem. O marquês disse, simplesmente:

– Até breve, minha filha. Você virá me ver novamente, não é mesmo?

Ela pegou sua pequena mala e desceu as escadas. Parecia feliz, alegre, como se estivesse prestes a cantar.

O que aconteceu em seguida foi tão inesperado e tão rápido que ela mal pôde perceber uma série de impressões incoerentes que a dominaram. Nos últimos degraus do piso – a escadaria estava bastante escura – ouviu o som de vozes que discutiam na porta do mezanino, e algumas palavras chegaram até ela.

– O senhor fez-me de bobo... O número 63 Boulevard Voltaire não existe...

– De jeito nenhum, senhor inspetor! Mas o Boulevard Voltaire existe, não é mesmo?

– Além disso, gostaria de saber o que aconteceu com um importante pedaço de papel que estava no meu bolso quando vim aqui.

– Um mandado? Contra a senhorita Clara?

Ao reconhecer a voz do inspetor Gorgeret, a jovem cometeu o grande erro de dar um grito e de seguir seu caminho, em vez de voltar silenciosamente para o segundo andar. O inspetor-chefe ouviu o grito, virou-se, viu a fugitiva e quis partir para cima dela.

Ele foi impedido de fazê-lo por duas mãos que lhe agarraram os pulsos e tentaram arrastá-lo para dentro do salão. Ele resistiu, seguro de si mesmo, pois era de estatura e musculatura muito mais poderosas do que as de seu adversário inesperado. No entanto, ele ficou surpreso, não apenas por não conseguir escapar dele, mas também por ser forçado a uma obediência mais passiva. Furioso, ele protestava:

– Você não pode me deixar em paz?

– Mas você deve vir comigo – disse o senhor Raoul. – O mandado está aqui na minha casa, você mesmo disse.

– Eu não me importo com o mandado.

– Eu, sim! Eu me importo com o mandado! Devo devolvê-lo a você. Você pediu por isso.

– Mas, por Deus, a menina vai escapar de novo!

– O seu parceiro não está aí?

– Está lá na rua, sim, mas ele é muito estúpido!

De repente, ele se viu transportado para o salão e bloqueado por uma porta fechada. Explodiu em fúria e proferiu palavrões horríveis. Bateu contra a porta, depois forçou a fechadura. Mas a porta não cedeu, nem a fechadura, que parecia ser de um tipo especial, pois a chave girava indefinidamente, sem destravar o segredo.

– Aqui está o seu mandado, senhor inspetor-chefe – disse o senhor Raoul.

Gorgeret estava prestes a agarrá-lo pelo pescoço.

– Você tem muita coragem! Este mandado estava no bolso do meu sobretudo, na minha primeira visita.

– Ele caiu, sem dúvida – afirmou vivamente o senhor Raoul. – Encontrei-o aqui no chão.

– Mentira! Em todo caso, você vai continuar negando que me fez de bobo com o seu Boulevard Voltaire e que, quando você me enviou para lá, a garota não estava longe daqui?

– Estava bem perto, de fato.

– Como assim?

– Ela estava nesta sala.

– O que você está dizendo?

– Nesta poltrona, de costas para você.

– Ah, é? Ah, é? – repetiu Gorgeret, cruzando os braços. – Ela estava nesta poltrona... E como você ousou? Você é louco? Quem lhe deu permissão?

– Meu bom coração – respondeu o senhor Raoul em um tom suave. – Vamos, senhor inspetor, o senhor também é um bom homem. O senhor deve ter uma esposa, filhos... E queria entregar essa jovem loura para ser jogada na prisão! Ora, vamos! Se estivesse em meu lugar, teria feito o mesmo, e teria me enviado para o Boulevard Voltaire, admita.

Gorgeret sufocava:

– Ela estava aqui! A amante do Grande Paul estava aqui! Você está encrencado, meu jovem senhor.

– Estarei encrencado se o senhor puder provar que a amante do Grande Paul estava aqui. E é exatamente isso que o senhor tem que provar.

– Mas, você confessou...

– Cara a cara, e olho no olho. Senão... Esqueça.

– Meu testemunho como inspetor-chefe...

– Vamos lá, você não teria coragem de proclamar que foi enganado como um menino de escola.

Gorgeret não podia acreditar. Quem era esse comunistazinho que parecia ter prazer em desafiá-lo? Ele teve vontade de interrogá-lo, perguntando seu nome e pedindo seus documentos. Mas se sentia estranhamente dominado por aquele caráter singular. Ele disse, simplesmente:

– Então, você é amigo da amante do Grande Paul?

– Eu? Eu a vi por apenas três minutos.

– E então?

– Eu gosto dela.

– E isso é motivo suficiente?

– Sim. Não quero que as pessoas de quem gosto sejam incomodadas.

Gorgeret cerrou o punho e o brandiu na direção do senhor Raoul, que, sem mexer, correu para a porta e abriu a fechadura na primeira tentativa, como fosse a fechadura mais complacente do mundo.

O inspetor enterrou seu chapéu na cabeça e saiu por aquela porta bem aberta, com o peito saliente, o rosto tenso, como um homem que sabe esperar, e encontrar a hora certa para a vingança.

Cinco minutos depois, após ver através da janela que Gorgeret e seu colega estavam indo embora – o que significava que a bela loura não estava mais em perigo, até segunda ordem –, e depois de bater suavemente no teto, o senhor Raoul recebeu o senhor Courville, secretário do marquês de Erlemont, e imediatamente o interpelou:

– Você viu uma mulher loura e bonita lá em cima?

– Sim, senhor, o marquês a recebeu.

– Escutou alguma coisa?

– Sim.

– E o que você ouviu?

– Nada.

— Idiota!

Raoul usava, frequentemente, com Courville a mesma palavra que Gorgeret usava com Flamant. Mas o tom permanecia afável, com nuances de simpatia. Courville era um venerável cavalheiro, com sua barba branca quadrada, sempre vestido com um casaco preto e gravata borboleta branca, que lhe davam ares de um magistrado da província ou de um mestre de cerimônias fúnebres. Exprimia-se com perfeita exatidão, comedido nas palavras, e com uma certa pompa na entonação.

— O marquês e a jovem falaram um com o outro com uma voz que o mais aguçado ouvido não poderia perceber.

— Meu velho — interrompeu Raoul —, essa sua eloquência de sacristão me deixa horrorizado. Responda, mas não fale.

Courville se curvou, como um homem que considerava todas as reprimendas como traços de afeição.

— Senhor Courville — disse Raoul —, não tenho o hábito de lembrar as pessoas dos serviços que lhes prestei. Mas posso dizer, sem conhecê-lo muito bem, e pela excelente impressão que me causou sua venerável barba branca, que consegui primeiro salvá-lo da miséria, assim como a sua velha mãe e seu velho pai, e depois oferecer-lhe ao meu lado uma situação de completo descanso.

— Minha gratidão pelo senhor não conhece limites.

— Cale-se. Não estou falando para que você me responda, mas porque tenho um pequeno discurso a fazer. Continuando. Você foi encarregado por mim de várias tarefas, mas confesse honestamente que as realizou com uma total incompetência, e uma falta de inteligência notória. Não estou reclamando, pois minha admiração por sua barba branca e sua cara perfeita de homem honesto não teve nenhum prejuízo. Mas é uma constatação. Assim, no posto em que o coloquei por algumas semanas, a fim de proteger o marquês de Erlemont contra as intrigas que o ameaçam, neste posto onde sua missão consistia simplesmente em explorar gavetas secretas, coletar papéis suspeitos e ouvir conversas, o que você conseguiu? Além disso, não há dúvida de que o marquês está desconfiado de você. Por fim, toda vez que você utiliza nossa instalação telefônica particular, você escolhe o exato momento em que estou dormindo para me revelar incríveis absurdos. Sob estas circunstâncias...

– Sob estas circunstâncias, o senhor me pagará pelos meus oito dias – disse Courville, de forma solene.

– Não, mas estou tomando as rédeas do caso, e faço isso porque envolve a mais bela criança de cabelos dourados que já conheci.

– Preciso lembrá-lo, senhor, de Sua Majestade, a rainha Olga?

– Não quero mais saber de Sua Majestade, a rainha de Borostyria. Nada me importa mais do que Antonine, conhecida como Clara, a Loura. Preciso que tudo seja resolvido, preciso saber o que o senhor Valthex está tramando, qual é o segredo do marquês, e por que justamente hoje me apareceu aqui a chamada amante do Grande Paul.

– A amante?...

– Não tente entender.

– O que eu deveria tentar entender?

– A verdade sobre o papel exato que você desempenha para mim.

Courville murmurou:

– Eu prefiro não saber...

– Nunca tenha medo da verdade – disse Raoul com firmeza. – Você sabe quem eu sou?

– Não.

– Arsène Lupin, o ladrão de casaca.

Courville não vacilou. Talvez ele pensasse que o senhor Raoul deveria tê-lo poupado disso, mas nenhuma revelação, por mais dura que fosse para sua probidade, poderia diminuir seus sentimentos de gratidão ou o prestígio do senhor Raoul a seus olhos.

E Raoul continuou:

– Saiba, então, que me atirei na aventura Erlemont como sempre faço – sem saber para onde vou, e sem saber nada dos acontecimentos, seguindo alguma pista qualquer, e confiando na minha boa sorte e no meu talento. No caso presente, eu soube pelas minhas fontes que a ruína de um tal de Erlemont, que vendia, um a um, seus castelos e propriedades nas províncias, bem como alguns dos livros mais valiosos de sua biblioteca, despertava um certo assombro em alguns círculos da nobreza. De fato, segundo minhas investigações, o avô materno do senhor de Erlemont, um viajante incansável, espécie de intrépido conquistador, possuidor de imensas propriedades na Índia, com o título e a posição de nababo, havia retornado à França com a reputação de multimilionário. Ele morreu logo em seguida, deixando suas riquezas para sua filha, mãe do atual marquês. O que foi feito dessas riquezas? Talvez Jean de Erlemont as tenha dissipado, embora seu padrão de vida sempre tivesse sido muito razoável. Mas agora o acaso me trouxe um documento que parece dar outra explicação. É uma carta, muito rasgada, de aparência não muito recente, e onde, entre detalhes secundários, está escrito, sob a assinatura do marquês:

A missão que lhe dei não parece estar se concretizando. A herança de meu avô ainda não foi encontrada. Lembro-lhe as duas cláusulas de nosso acordo: discrição absoluta e participação de 10% para você, com o valor máximo de um milhão... Mas, infelizmente! Eu procurei sua agência na esperança de um resultado rápido, e o tempo está se esgotando...

Neste pedaço de papel, não há nenhuma data, nem endereço. É obviamente uma agência de investigação, mas qual agência? Não perdi meu tempo precioso com essa busca, achando muito mais eficiente alugar o apartamento do marquês e colocar você no escritório dele.

Courville arriscou:

– O senhor não acha que teria sido ainda mais eficaz, já que decidiu por esta colaboração, contar ao marquês sobre isso e dizer-lhe que, pelos 10%, o senhor o ajudaria?

Raoul olhou para ele com raiva:

– Idiota! Um acordo em que uma agência recebe um milhão como pagamento deve valer vinte ou trinta milhões. A esse preço, eu estou dentro.

– No entanto, sua colaboração...

– Minha colaboração consiste em levar tudo.

– Mas, o marquês...

– Ele receberá os 10%. Para ele, solteiro e sem filhos, será uma sorte inesperada. E eu mesmo terei que fazer o trabalho. Conclusão: quando você pode me apresentar ao marquês?

Courville sentiu-se incomodado e timidamente contestou:

– Isso é muito sério. Não acha, senhor, que isso pode me comprometer com o marquês?

– Uma traição... É o que lhe ofereço. O que você quer, meu velho? O destino cruelmente o coloca entre seu dever e sua gratidão, entre o marquês e Arsène Lupin. Escolha.

Courville fechou os olhos e respondeu:

– Esta noite o marquês está jantando na cidade, e só retornará à uma hora da manhã.

– Os criados?

– Eles vivem no último andar, como eu.

– Dê-me sua chave.

Um novo embate de consciência. Até então, Courville imaginava que ele ajudava a garantir a proteção do marquês. Mas entregar a chave de um apartamento, facilitar um roubo, prestar-se a uma fraude formidável... A delicada alma de Courville hesitava.

Raoul estendeu a mão. Courville deu-lhe a chave.

– Obrigado – disse Raoul, que se divertia diabolicamente brincando com os escrúpulos de Courville. – Às dez horas, tranque-se em seu quarto. Caso haja algum alarme entre os criados, você descerá e me alertará. Mas isso é altamente improvável. Vejo você amanhã.

Courville foi embora, Raoul aprontou-se para sair e jantar com a bela Olga. Mas ele adormeceu, e não acordou antes das dez e meia. Em seguida, correu para o telefone e ligou para o Trocadero Palace.

– Alô... Alô... É do Trocadero Palace? O apartamento de Sua Majestade... Alô... Alô... Quem fala?... A recepcionista?... É você, Julie? Como você está, querida? Diga, a rainha está me esperando, não está? Passe-me para a rainha... Oh, você está me irritando... Eu não lhe dei um emprego para ficar reclamando perto da rainha... Rápido, diga a ela... (*Uma pausa, e Raoul retomou.*) Alô... Alô... É você, Olga? Veja só, querida, minha reunião demorou... Apesar disso, estou encantado, o assunto está resolvido. Mas não, minha querrrrida, a culpa não foi minha... Você gostaria de almoçar comigo na sexta-feirrrra?... Eu vou lhe buscarrrr... Você não está com raiva de mim, está? Você sabe que está em primeiro lugar... Oh, minha querrrrida Olga!...

UM ROUBO NA NOITE

Para suas expedições noturnas, Arsène Lupin nunca se dá ao trabalho de usar um terno especialmente escuro. "Vou como estou", ele costuma dizer, "com as mãos nos bolsos, desarmado, com o coração tão tranquilo como se fosse comprar cigarros, e a consciência tão confortável como se fosse realizar um trabalho beneficente."

As únicas preocupações são: ter que fazer alguns exercícios de alongamento, entrar no local sem fazer barulho, ou caminhar no escuro sem derrubar as coisas. Naquela noite, ele faria exatamente isso, e com sucesso. Tudo correria bem. Ele estava em boa forma e capaz, moral e fisicamente, de enfrentar qualquer eventualidade.

Ele comeu alguns biscoitos, engoliu um copo de água e subiu as escadas.

Eram onze e quinze. Não havia luz. Nenhum ruído. Não havia risco de encontrar algum inquilino, já que não havia nenhum; nem um empregado, já que eles estavam na cama, e Courville estava vigiando lá em cima. Que prazer seria operar em tais condições de segurança! Nem mesmo o pequeno problema de ter que arrombar uma porta ou forçar uma fechadura: ele tinha a chave. Nem mesmo o aborrecimento de ter que se orientar: ele tinha um mapa.

Então ele entrou, como se fosse em sua casa, e, depois de seguir o corredor que levava ao escritório, ele acendeu a luz nesse local. Só se pode trabalhar bem em plena luz.

Um grande espelho colocado entre as duas janelas refletia sua imagem, que vinha a seu encontro. Ele se cumprimentou e fez alguns gracejos, tendo esse espírito caprichoso que o dispunha a interpretar a comédia para si mesmo, ainda mais do que para os outros.

Em seguida, ele se sentou e observou. Não se deve perder tempo em um frenesi, esvaziando febrilmente as gavetas e desorganizando a biblioteca. Não; é preciso pensar, escrutinar com os olhos, estabelecer as proporções certas, ponderar as capacidades, medir as dimensões. Um certo móvel que normalmente não deveria ter tais linhas. Uma certa poltrona que não deveria ter esse aspecto. Os esconderijos escapam ao olhar de um Courville: para um Lupin, não há segredos.

Após dez minutos de atenta contemplação, ele foi direto para a mesa, ajoelhou-se, apalpou a madeira de pau-cetim, estudou as hastes de latão. Então se levantou, fez alguns gestos de mágico, abriu uma gaveta, esvaziou-a completamente; empurrou de um lado, empurrou do outro, falou algumas palavras mágicas e estalou a língua.

Ouviu-se um clique. Uma segunda gaveta surgiu no interior.

Ele estalou a língua novamente, pensando: "E pensar que aquela lesma de barba branca não descobriu nada em quarenta dias, enquanto quarenta segundos foram suficientes para mim. Que esperto que eu sou!".

Mas ainda era preciso que sua descoberta tivesse um significado e um resultado. No final, o que ele esperava era a carta que fora entregue ao marquês pela jovem Antonine. Ele viu imediatamente que ela não estava lá.

Primeiro, em um grande envelope amarelo, uma dúzia de notas de mil francos. Isso era sagrado. Não se pode roubar os trocos do vizinho, do senhorio, um representante da antiga nobreza francesa! Ele empurrou o envelope com repugnância.

Quanto ao resto, um rápido exame lhe permitiu ver que só havia cartas e retratos: cartas de mulheres, retratos de mulheres. Lembranças, é claro. As relíquias de um homem conquistador, que não tinha coragem de queimar os traços de um passado que representava para ele toda a felicidade e todo o amor.

As cartas? Ele teria que ler todas elas, e procurar por qualquer coisa de interesse em cada uma. Uma tarefa considerável, e talvez inútil, e que ele tinha alguns escrúpulos para realizar. Como amante e conquistador, que também era, seria delicado demais entrar brutalmente na intimidade dessas confidências de mulheres.

Mas como ele poderia ter a coragem de não contemplar as fotografias? Havia quase uma centena... Aventuras de um dia ou de um ano... Provas de ternura ou de paixão... Todas elas eram bonitas, graciosas, amorosas e doces, com olhos que prometiam, atitudes abandonadas, sorrisos que lembravam às vezes tristeza, angústia. Havia nomes, datas, dedicatórias, alusões a algum episódio. Grandes damas, artistas, vedetes, que emergiam das sombras, desconhecidas umas das outras, e ainda assim tão próximas umas das outras por meio da lembrança desse homem.

Raoul não examinou a todas. Na parte de trás da gaveta, chamou sua especial atenção uma fotografia maior, que ele podia ver sob a folha dupla de papel que a protegia. Ele foi até ela imediatamente, empurrou as duas folhas para o lado e olhou.

Raoul ficou deslumbrado. Essa era realmente a mais bela, e de uma beleza extraordinária, onde havia tudo o que às vezes, e tão raramente, emprestava à beleza um alívio particular e uma expressão pessoal. Os ombros nus eram magníficos. O olhar, o porte da cabeça, davam a impressão de que essa mulher sabia como se comportar em público, e talvez como aparecer em público.

"Uma artista, obviamente", concluiu Raoul.

Seus olhos não conseguiam se desviar do retrato. Virou o cartão, esperando que houvesse no verso alguma inscrição, algum nome. E imediatamente ele vacilou. O que o tocou, no início, foi uma grande assinatura que preenchia o cartão: Elisabeth Hornain, com estas palavras abaixo: "Tua, até a morte".

Elisabeth Hornain! Raoul conhecia bem demais a vida social e artística de seu tempo para ignorar o nome da grande cantora e, embora não se lembrasse dos detalhes precisos do evento que havia ocorrido quinze anos antes, ele sabia bem que a bela mulher havia sucumbido em consequência de um misterioso ferimento, em um parque onde ela cantava ao ar livre.

Assim, Elisabeth Hornain tinha sido uma de suas amantes, e a forma como o marquês mantinha sua fotografia separada das outras demonstrava o lugar que ela havia ocupado em sua vida.

Entre as duas folhas de papel, além disso, havia um pequeno envelope não selado, que ele examinou, e cujo conteúdo apenas aumentava sua surpresa. Três coisas: uma mecha de seu cabelo encaracolado, uma carta de dez linhas, na qual ela fazia sua primeira confissão de amor ao marquês e lhe concedia um primeiro encontro, e outro retrato dela com este nome, que intrigou muito a Raoul: Elisabeth Valthex.

Neste retrato, ela estava bem jovem, e o nome Valthex era certamente o de Elisabeth antes de seu casamento com o banqueiro Hornain. As datas não deixavam dúvidas.

"De modo que", pensou Raoul, "o tal Valthex, a quem podemos dar cerca de trinta anos, pode ser um parente, sobrinho ou primo de Elisabeth Hornain, e assim o tal Valthex está em contato com o marquês de Erlemont e está tirando dinheiro dele, o que o marquês não tem coragem de recusar. Seria ele um chantageador? Teria ele outros motivos?

Ele está alcançando, com mais elementos de sucesso, o objetivo que eu persigo às cegas? Um mistério. Mas, em todo caso, é um mistério que vou esclarecer, já que aqui estou eu no centro deste jogo."

Ele voltou às suas investigações e estava retomando os outros retratos, quando aconteceu algo que o interrompeu. Ouviu-se um barulho vindo de algum lugar.

Ele escutou. O som era o de um leve rangido, que qualquer um, exceto Raoul, não teria ouvido, e lhe pareceu vir da porta principal, sob a escada. Alguém tinha introduzido uma chave. A chave girou. A porta foi empurrada suavemente. Passos, pouco perceptíveis, ao longo do corredor que levava ao escritório.

Portanto, alguém se dirigia àquele escritório.

Em cinco segundos, Raoul fechou as gavetas e desligou a luz. Depois, escondeu-se atrás de uma velha tela, desgastada em seu verniz.

Tais alertas foram uma alegria para ele. Em primeiro lugar, a alegria do perigo envolvido. Depois, um novo elemento de interesse: a esperança de surpreender algo que lhe seria rentável. Pois, se um estranho entrava furtivamente na casa do marquês, e ele, Raoul, podia descobrir as razões para essa visita noturna, que bênção!

A maçaneta da porta foi agarrada por uma mão cautelosa. Nenhum som marcou o empurrar gradual da porta, mas Raoul adivinhou seu movimento insensível. Vislumbrou o jato de uma lâmpada elétrica de baixa potência.

Através de uma das fendas na tela, Raoul viu uma forma que avançava. Ele teve uma impressão, mais que uma certeza, de que era uma mulher, magra, de saia justa. Sem chapéu.

Essa impressão foi confirmada pela maneira de andar, pela imagem tênue da figura. A mulher parou, virou a cabeça para a direita e para a esquerda, parecia estar se orientando. E foi direto para a escrivaninha, sobre a qual ela jogou o facho de luz, e onde colocou sua lâmpada.

"Sem dúvida", disse Raoul, "ela conhece o esconderijo. Ela age como uma pessoa informada."

De fato – e por todo esse tempo a figura permaneceu na sombra – ela contornou a escrivaninha, dobrou-se, retirou a gaveta principal, manobrou como tinha que ser feito, e tirou a gaveta interior. Então ela fez exatamente como Raoul havia feito. Não se importou com as notas, e começou a examinar as fotografias, como se seu propósito fosse estudá-las e descobrir uma mais especial do que as outras.

Ela era rápida. Nenhuma curiosidade a despertava. Buscava, com uma mão febril, uma mão cuja brancura e delicadeza ele podia perceber.

Ela encontrou. Até onde ele podia ver, era uma fotografia de tamanho intermediário, treze por dezoito. Olhou-a por muito tempo, depois virou o cartão, leu a inscrição, e suspirou.

Ela estava tão absorta que Raoul resolveu surpreendê-la. Sem que ela visse ou ouvisse, ele se aproximou do interruptor, observou a figura inclinada, e imediatamente acendeu a luz. Então, apressado, ele correu em direção à mulher, que havia dado um grito de susto e tentava fugir.

– Não fuja, minha querida. Eu não lhe farei mal.

Ele a alcançou, pegou-a pelo braço e rapidamente, apesar de sua resistência, virou-lhe a cabeça.

– Antonine! – ele murmurou, com espanto, reconhecendo sua visitante involuntária da tarde.

Nem por um segundo ele havia suspeitado da verdade. Antonine, a pequena provinciana, cujo ar ingênuo e olhos francos o haviam conquistado! Ela permaneceu na frente dele, desesperada, com o rosto tenso. E esse resultado inesperado perturbou-o tanto que ele começou a zombar.

– Então é por isso que você veio mais cedo à casa do marquês! Você veio fazer um reconhecimento... E então, esta noite...

Ela parecia não entender, e gaguejava:

– Eu não roubei... Não toquei no dinheiro...

– Nem eu... Mas nós também não viemos aqui para rezar à Santíssima Virgem.

Ele ainda agarrava seu braço. Ela tentou se afastar, gemendo:

– Quem é você? Eu não o conheço...

Ele riu.

– Ah, isso não é nada gentil. Depois da nossa entrevista de hoje, em meu pequeno mezanino, você me pergunta quem eu sou? Que falta de memória! E eu pensei que tinha causado impressão em você, linda Antonine!

Muito séria, ela respondeu:

– Meu nome não é Antonine.

– Bingo! Meu nome também não é Raoul. Temos dúzias de nomes, no nosso ofício.

– Que ofício?

– O roubo!

Ela se revoltou:

– Não! Não! Eu, uma ladra!

– Sonsa! O fato de roubar uma fotografia, em vez de dinheiro, prova que ela lhe é valiosa, e que você não poderia obtê-la a não ser operando como um rato de pensão. Mostre para mim essa foto preciosa que você enfiou no bolso quando me viu.

Ele tentava coagi-la. Ela lutava contra aqueles braços poderosos que a pressionavam e, entusiasmando-se com a luta, ele a teria abraçado se, por uma explosão de energia, ela não tivesse conseguido escapar.

Ele disse:

– Maldição! Não esperava tanto pudor da amante do Grande Paul!

Ela pareceu perturbada e sussurrou:

– Hein? O que você está dizendo?... Grande Paul... Quem é ele?... Eu não sei o que você quer dizer.

– Claro que sabe – disse ele –, você sabe muito bem o que quero dizer, minha linda Clara.

Ela repetiu, cada vez mais perturbada:

– Clara... Clara... Quem é?

– Não se lembra de quem é, Clara Loura?

– Clara Loura?

– Quando Gorgeret quase botou as mãos em você, não estava tão comovida. Vamos lá, Antonine ou Clara, levante-se. Se eu lhe salvei duas vezes esta tarde das garras da polícia, é porque eu não sou seu inimigo... Um sorriso, loura bonita... É tão estonteante o seu sorriso!

Um ataque de fraqueza a deprimia. As lágrimas corriam por suas faces pálidas, e ela não tinha mais forças para afastar Raoul, que tinha tomado suas mãos novamente e as acariciava com uma gentileza amigável, da qual a jovem mulher não podia se desvencilhar.

– Sim, Antonine, eu gosto mais desse nome. Se você foi Clara para o Grande Paul, para mim você ainda é aquela que vi chegar como Antonine, e com sua aparência provincial. Como eu lhe prefiro assim! Mas não chore... Tudo vai ficar bem! O Grande Paul está perseguindo você, sem dúvida, não está? E você está com medo? Não tenha medo... Estou aqui... Mas você deve me contar tudo...

Ela murmurou, muito abalada:

– Não tenho nada a dizer... Não posso dizer nada...

– Fale, minha pequena...

– Não... Eu não o conheço.

– Você não me conhece e, no entanto, confia em mim, admita.

– Talvez... Não sei por quê... Parece-me...

– Você sente que posso protegê-la, não é? Que posso lhe fazer bem? Mas, para fazer isso, você tem que me ajudar. Como você conheceu o Grande Paul? Por que você está aqui? Por que você procurou por este retrato?

Ela disse, em voz muito baixa:

– Eu imploro, não me questione... Um dia poderei lhe dizer.

– Mas é agora mesmo que precisamos conversar... Um dia perdido... Uma hora... Isso é muito.

Ele continuou a acariciá-la, sem que ela percebesse, beijando a sua mão. Mas quando os lábios dele começaram a subir por seu braço, ela implorou de tal forma que ele não insistiu mais.

– Prometa-me – disse ele.

– Que vou vê-lo novamente? Prometo.

– E quanto a confiar em mim?

– Sim.

– E posso ser útil em mais alguma coisa?

– Sim, sim – disse ela com vigor. – Venha comigo.

– Você tem medo de alguma coisa?

Ele a sentiu tremer, e ela disse, entorpecida:

– Quando cheguei, esta noite, tive a impressão de que alguém estava vigiando a casa.

– A polícia?

– Não.

– Quem?

– O Grande Paul... Amigos do Grande Paul... – Ela pronunciava esse nome com terror.

– Você tem certeza?

– Não, mas acho que o reconheci... Bem longe... Contra o parapeito do cais... Também reconheci seu principal cúmplice, que é chamado de Árabe.

– Há quanto tempo você não vê o Grande Paul?

– Há várias semanas.

– Logo, ele não tinha como saber que você viria aqui hoje?

– Não.

– Então, o que ele estava fazendo aqui?

– Ele também ronda a casa.

– Ou seja, ele ronda o marquês... E pelas mesmas razões que você?

– Eu não sei... Uma vez ele disse na minha frente que queria vê-lo morto.

– Por quê?

– Eu não sei.

– Você conhece os cúmplices dele?

– O Árabe, apenas.

– Onde ele se esconde?

– Eu não sei. Talvez em um bar em Montmartre... Um dia eu o ouvi falando um nome, bem baixinho.

– Você se lembra?

– Sim... Bar dos Lagostins.

Ele não perguntou mais nada. Ele tinha um palpite de que ela não iria responder mais nada naquele dia.

PRIMEIRO EMBATE

– Vamos embora – disse ele. – E, aconteça o que acontecer, não tenha medo. Eu respondo por tudo.

Ele verificou se tudo estava em ordem. Então, apagou a luz e, pegando a mão de Antonine, para conduzi-la pela escuridão, foi até a entrada, fechou a porta suavemente atrás deles, e desceu as escadas com ela.

Ele queria logo sair, e temia que a jovem mulher estivesse enganada, pois estava ansioso para lutar e atacar aqueles que a perseguiam. No entanto, aquela mãozinha que ele segurava estava tão fria que ele parou e a apertou entre as duas.

– Se você me conhecesse melhor, saberia que não há perigo quando se está perto de mim. Não se mova. Quando suas mãos estiverem quentes, você verá como estará novamente calma e cheia de coragem.

Eles ficaram assim parados, imóveis, com as mãos presas.

Depois de alguns minutos de silêncio, ela disse, tranquilizada:

– Vamos sair daqui.

Ele bateu na porta da zeladora e pediu que ela abrisse. Eles saíram.

A noite estava enevoada, e as luzes difundiam-se nas sombras. Havia poucos transeuntes àquela hora. Mas imediatamente, com seu rápido olhar, Raoul viu duas figuras que atravessavam a rua e se esgueiravam pela calçada, protegendo-se atrás de um carro estacionado, perto do qual duas outras figuras pareciam estar esperando. Ele estava prestes a arrastar a jovem mulher na direção oposta. Mas mudou de ideia, pois a oportunidade era boa demais. Além disso, os quatro homens haviam se separado bruscamente e aproximavam-se deles, formando um círculo.

– São eles, com certeza – pronunciou Antonine, que ficou novamente assustada.

– E o Grande Paul é aquele bem alto, de pernas compridas?

– Sim.

– Ótimo – disse ele. – Vamos tirar isso a limpo.

– Você não está com medo?

– Não, se você não gritar.

Naquele momento, o cais estava completamente deserto. O homem de pernas compridas tirou proveito disso. Ele e um de seus amigos voltaram-se para a calçada. Os outros dois caminhavam ao longo das paredes... O motor do carro zumbiu, sem dúvida conduzido por um motorista invisível que se preparava para ligar o carro.

E, de repente, um leve assobio.

Foi repentino. Três dos homens correram para a jovem mulher e tentaram arrastá-la até o carro. Aquele que se chamava Grande Paul enfrentou Raoul, apontando-lhe um revólver no nariz.

Antes que ele pudesse atirar, Raoul desarmou-o com um rápido movimento de pulso, zombando:

– Idiota! Atire primeiro, mire depois.

Ele perseguiu os outros três bandidos. Um deles tentou fugir em direção à calçada, bem a tempo de receber um chute violento no queixo, que o fez cambalear e desabar como um peso morto.

Os dois últimos comparsas não esperaram para ver o que lhes aconteceria. Atirando-se para dentro do carro, fugiram. Antonine, libertada, fugiu na outra direção, perseguida por Grande Paul, que de repente se deparou com Raoul.

– Passagem proibida! – gritou Raoul. – Solte a menina loura. É uma velha história que você deve esquecer, meu Grande Paul.

Grande Paul tentava passar, e encontrar uma saída à direita ou à esquerda de seu oponente. Embora este se plantasse em todos os lugares à sua frente, ele ainda tentava a sorte, ao mesmo tempo em que fugia da luta.

– Passa ou não passa? Não é divertida essa brincadeira de criança? Há um rapaz alto e pernudo que quer correr, e um baixinho que não quer deixar. E, enquanto isso, a menina está fugindo... É isso mesmo... Agora ela está fora de perigo... A verdadeira batalha vai começar. Você está pronto, Grande Paul?

Com um salto, ele pulou sobre o inimigo, agarrou seus antebraços e o imobilizou instantaneamente.

– Viu? É como ter algemas nos pulsos, não é? Fale, Grande Paul, você não é o maioral do seu bando. Que covardes são os seus amigos! Um piscar de olhos e eles sumiram. Mas isso não é tudo, eu quero ver a sua cara na luz.

O outro lutava, atônito por sua própria fraqueza e impotência. Apesar de todos os seus esforços, ele não conseguia se livrar desses dois abraços que o acorrentavam como anéis de ferro, e que o faziam sofrer a ponto de não suportar a dor.

– Vamos – brincou Raoul –, mostre sua cara para o papai. E não faça caretas, para que eu possa ver se lhe conheço... Ei, qual é o problema, meu velho, você está resmungando? Não está querendo me obedecer?

Ele o girou suavemente, como uma massa pesada que se move em pequenas porções. Assim, contra a sua vontade, o Grande Paul se virava para o lado que a luz elétrica iluminava com mais precisão.

Um último esforço, e Raoul atingiu seu objetivo. Ele exclamou, verdadeiramente desconcertado com a visão do rosto do homem:

– Valthex!

E ele repetia, às gargalhadas:

– Valthex!... Valthex!... Bem, é verdade, por essa eu não esperava! Então Valthex é o Grande Paul? E o Grande Paul é o Valthex? Valthex veste roupas da moda e usa chapéu-coco. Paul veste calças de marinheiro e usa boné. Deus, como isso é engraçado! Você está bajulando o marquês e é um líder de gangue.

Furioso, o Grande Paul esbravejava:

– Eu lhe conheço também... Você é o cara do mezanino...

– Mas, sim... Senhor Raoul... Ao seu serviço. E aqui estamos nós, ambos no mesmo ramo. Você está sem sorte! Sem mencionar que a Clara Loura já é minha.

O nome de Clara deixou o Grande Paul fora de si.

– Eu lhe proíbo...

– Você me proíbe? Olhe só para você, meu velho. Você é meia cabeça mais alto do que eu, sabe praticar todos os golpes do boxe, lutar com facas, e aqui está você, nas minhas garras, quietinho, derrotado! Por que você não se defende, seu malandro? Sério, você me dá pena.

Ele o soltou. O outro algaraviava-se:

– Seu vagabundo! Eu vou lhe encontrar.

– Por que me encontrar? Estou bem aqui. Vá em frente.

– Se você tiver tocado naquela menina...

– Já era, meu velho. Somos namorados, ela e eu.

Exasperado, o Grande Paul vociferou:

– Você está mentindo! Isso não é verdade!

– E estamos apenas começando. Mais informações sobre isso na próxima edição. Vou mantê-lo informado.

Eles se mediam um ao outro, prontos para a batalha. Mas, sem dúvida, o Grande Paul achou mais prudente esperar por uma oportunidade melhor, pois ele cuspiu alguns insultos, aos quais Raoul respondia com uma risada, e partiu, com uma ameaça final:

– Vou arrancar a sua pele, meu chapa.

– É você que está fugindo. Até breve, covarde!

Raoul o observava enquanto ia embora. O outro mancava, o que parecia ser um disfarce do Grande Paul, pois Valthex não mancava.

"Devo ter cuidado com esse sujeito", disse Raoul para si mesmo. "Ele é do tipo de pessoa que planeja suas más ações. Gorgeret e Valthex... Caramba, vou manter os olhos abertos!"

Raoul, ao retornar à casa, ficou surpreso ao ver, sentado contra o portão da cocheira, um homem que gemia. Pensou reconhecer o homem cujo queixo ele tinha lavrado com um golpe de sola. O homem havia de fato recuperado a consciência, mas tinha caído mais para trás e estava descansando.

Raoul o examinou. Viu uma figura morena, cabelos longos ligeiramente frisados, que escapavam de seu boné, e disse:

– Duas palavras, camarada. Você é obviamente aquele que eles chamam de Árabe, da gangue do Grande Paul. Quer ganhar uma nota de mil francos?

O homem respondeu com alguma dificuldade, pois sua mandíbula estava bem machucada:

– Se for para trair o Grande Paul, não vou fazer nada.

– Muito bem, você é fiel. Não, não se trata dele. Trata-se de Clara, a Loura. Você sabe onde ela está escondida?

– Não. E também não sei do Grande Paul.

– Então por que esta emboscada na frente da casa do marquês?

– Ela chegou aqui primeiro.

– Como ficaram sabendo?

– Por mim. Eu estava vigiando o inspetor Gorgeret. Eu o vi de plantão na Estação de Saint-Lazare, esperando a chegada de um trem. Era a menina que estava voltando para Paris, disfarçada de provinciana. Gorgeret ouviu o endereço que ela deu a um motorista. Ouvi quando Gorgeret deu o endereço a outro motorista. E nós chegamos aqui. Então corri para avisar o Grande Paul. E ficamos de tocaia por toda a noite.

– Então o Grande Paul suspeitava que ela voltaria?

– Provavelmente. Ele nunca me diz nada sobre seus negócios. Todos os dias, no mesmo horário, encontramo-nos em um bar. Ele me dá as ordens, que eu passo aos meus camaradas, e nós as cumprimos.

– Mais mil francos se você falar mais.

– Eu não sei de nada.

– Você está mentindo. Sabe que o nome verdadeiro dele é Valthex, e que ele leva uma vida dupla. Por isso, tenho certeza de que vou encontrá-lo na casa do marquês, e posso denunciá-lo à polícia.

– Ele também pode lhe encontrar. Sabemos que você mora no mezanino e que a moça foi vê-lo mais cedo. É um jogo perigoso.

– Eu não tenho nada a esconder.

– Bom para você. O Grande Paul tem um rancor, e é louco pela garota. Cuidado. E o marquês também deve tomar cuidado. O Grande Paul tem más intenções para com ele.

– Quais?

– Chega de conversa.

– Que seja. Aqui estão os dois mil. Mais vinte francos para puxar o carro daqui.

Raoul demorou muito tempo para adormecer. Ele refletiu sobre os acontecimentos do dia e gostou de evocar a imagem sedutora da bela loura. De todos os enigmas que complicavam a aventura em que ele estava envolvido, este era o mais cativante e o mais inacessível. Antonine? Clara? Qual dessas duas figuras constituía a verdadeira personalidade do ser encantador que ele tinha conhecido? Ela tinha ao mesmo tempo o sorriso mais franco e o mais misterioso, o olhar mais cândido e o mais voluptuoso, o aspecto mais ingênuo e o mais inquietante. Ela o comovia com sua melancolia e com sua alegria. Suas lágrimas, assim como suas gargalhadas, vinham da mesma fonte, frescas e claras em alguns momentos, obscuras e perturbadas em outros.

Na manhã seguinte, ele telefonou para o secretário Courville.

– E o marquês?

– Ele saiu cedo, hoje de manhã. O criado trouxe seu carro, e levou duas malas cheias com ele.

– Então, uma ausência?

– Por alguns dias – disse ele –, e na companhia, eu acho, da jovem loura.

– Ele deixou algum endereço?

– Não, senhor. Ele é sempre bem discreto, e se organiza para que eu nunca saiba para onde ele vai. É mais fácil para ele porque, *primo*, ele mesmo dirige, e *secundo*...

– Como você é idiota. Dito isto, decidi desocupar o mezanino. Você mesmo removerá a instalação telefônica especial, e qualquer outra coisa que seja comprometedora. Depois, vamos sair de cena tranquilamente. Adeus. Você não terá notícias minhas durante três ou quatro dias. Tenho muito trabalho a fazer... Ah, mais uma coisa. Cuidado com o Gorgeret. Ele pode estar vigiando a casa. Seja cuidadoso. Ele é um bruto e um convencido, mas é teimoso, e muito esperto...

CASTELO À VENDA

O castelo de Volnic mantinha a aparência de uma residência da nobreza, com suas torres e sua vasta cobertura de telhas avermelhadas. Mas algumas persianas pendiam das janelas, puídas e deploráveis; muitos azulejos estavam faltando, a maioria das vielas estavam cobertas de silvas e urtigas, e a imponente massa de ruínas desaparecia sob um monte de hera, que cobria o granito das paredes e mudava a própria forma das construções e das torres meio colapsadas.

A plataforma onde cantara Elisabeth Hornain não se distinguia mais, em meio ao verde ondulante.

Do lado de fora, nas paredes da torre de entrada, à direita e à esquerda da porta maciça pela qual se entrava no pátio principal, grandes cartazes anunciavam a venda do castelo e davam detalhes sobre os aposentos, construções, fazendas e prados que constituíam a propriedade.

Nos três meses seguintes à afixação dos cartazes com anúncios nos jornais locais, a porta do castelo foi muitas vezes aberta, no horário designado, para permitir a visita de potenciais compradores. A viúva Lebardon levava um homem local para limpar e organizar o terraço, e para cortar as ervas do caminho que conduzia até as ruínas. Muitas pessoas curiosas apareciam para visitar o local do drama. Mas, tanto a viúva Lebardon quanto o jovem tabelião, filho e sucessor do Mestre Audigat, não quebravam o voto de silêncio que havia sido imposto no passado. Quem havia comprado o castelo, e quem o estava vendendo hoje? Ninguém sabia.

Naquela manhã – a terceira manhã após Erlemont ter deixado Paris –, as persianas que fechavam uma das janelas do primeiro andar foram repentinamente abertas, e ali surgiu a cabeça loura de Antonine. Uma Antonine primaveril, com seu vestido cinza, com um chapéu de palha que caía como uma auréola sobre seus ombros, e sorrindo para o sol de junho, as árvores verdes, os gramados virgens, o céu tão azul. Ela chamou:

– Padrinho!... Padrinho!

Ela avistou o marquês de Erlemont, que fumava seu cachimbo a vinte passos do andar térreo, em um velho banco de madeira protegido do sol por um grupo de ciprestes.

– Ah, você já acordou! – ele exclamou alegremente. – Você sabe que são apenas dez horas da manhã.

– Eu durmo demais aqui! E depois, veja o que encontrei em um armário, padrinho... Um velho chapéu de palha.

Ela voltou para seu quarto, desceu as escadas a galope, cruzou o terraço e aproximou-se do marquês, a quem ofereceu a fronte.

– Meu Deus, padrinho! Então, o senhor ainda quer que eu o chame de padrinho? Meu Deus, como estou feliz! Como é lindo! E como você é bom para mim! De repente, eu me sinto em um conto de fadas.

– Você merece, Antonine... Apenas pelo pouco que me contou sobre sua vida. Eu digo: pelo pouco, porque você não gosta de falar sobre si mesma.

Uma sombra passou pelo rosto claro de Antonine, e ela disse:

– Não vale a pena. Somente o presente importa. E quem me dera que este presente pudesse durar!

– E por que não?

– Porque o castelo vai ser leiloado esta tarde, e amanhã à noite estaremos em Paris. Que pena! Respiramos tão bem aqui! Temos alegria para nossos olhos e nossos corações!

O marquês ficou em silêncio. Ela pousou sua mão sobre a dele e perguntou, gentilmente:

– O senhor tem certeza de que precisa vendê-lo?

– Sim – disse ele. – O que posso fazer? Desde que o comprei, por capricho, dos meus amigos Jouvelle, não estive aqui nem dez vezes, e sempre de passagem, por vinte e quatro horas. Então, como preciso de dinheiro, já me decidi. A menos que um milagre aconteça...

Ele acrescentou, sorrindo:

– Além disso, como você ama este lugar, saiba que há uma maneira para que você possa viver nele.

A moça olhou para ele, sem compreender. Ele começou a rir.

– Ora! Desde anteontem, parece-me que o tabelião Audigat, filho e sucessor de seu falecido pai, vem aumentando suas visitas. Oh, eu sei, ele não é muito atraente, mas, mesmo assim, parece estar apaixonado pela minha afilhada!

Ela tinha corado.

– Não me provoque, padrinho. Eu nem notei o Mestre Audigat... E a razão pela qual eu logo gostei deste castelo é porque o senhor está aqui comigo.

– Isso é verdade?

– Com certeza, padrinho.

Ele ficou comovido. Desde o início, esta menina, que ele sabia ser filha, amoleceu seu coração endurecido de um velho solteirão, e o perturbou pela profunda graça e engenhosidade que emanavam dela. Também se sentia desorientado pelo mistério que a envolvia, e por essa contínua reticência sobre os fatos de seu passado. Muito ensimesmada em certos momentos, e cheia de impulsos que pareciam vir de uma natureza expansiva, ela se retraía com frequência perto dele, fechando-se em uma reserva desconcertante, e parecia indiferente, quase hostil até, às atenções e ao respeito daquele a quem ela chamava tão espontaneamente de padrinho.

E, estranhamente, ele causava na menina, desde a chegada deles ao castelo, a mesma impressão um tanto quanto chocante, devido às suas alternâncias de alegria e silêncio e uma certa contradição em suas ações.

De fato, fossem quais fossem a simpatia e o desejo de afeto que tinham um pelo outro, eles não poderiam em tão pouco tempo derrubar todas as barreiras que podem existir entre duas pessoas que não se conhecem. Jean de Erlemont muitas vezes tentava compreendê-la, e olhava para ela, dizendo:

– Você se parece tanto com sua mãe! Revejo em você aquele sorriso que transforma o semblante.

Ela não gostava que ele falasse de sua mãe, e sempre respondia com outras perguntas. Assim, ele se viu impelido a lhe contar brevemente o drama do castelo e a morte de Elisabeth Hornain, o que muito interessou à menina.

Eles almoçaram, servidos pela viúva Lebardon.

Às duas horas, o tabelião, Mestre Audigat, veio tomar café e cuidar dos preparativos para o leilão, que seria realizado às quatro horas, em um dos salões abertos para a ocasião. Ele era um jovem pálido, de aparência estranha, tímido na expressão, amante da poesia, e que, descuidadamente, soltava, durante a conversa, versos alexandrinos especialmente feitos por ele, enquanto acrescentava: "Como disse o poeta...".

E então ele olhava para a moça, para ver se produzia algum efeito.

Após um longo esforço de paciência, esta pequena manobra, repetida indefinidamente, incomodou tanto Antonine que ela deixou os dois homens sozinhos e saiu em direção ao parque.

À medida que a hora fixada para a venda se aproximava, o pátio principal ia ficando repleto de pessoas que, contornando uma das alas do castelo, começavam a formar grupos no terraço e em frente ao jardim sem flores. Eles eram, em sua maioria, camponeses ricos, burgueses das cidades vizinhas e alguns senhores da região. Curiosos, sobretudo, entre os quais se encontravam meia dúzia de compradores potenciais, de acordo com as previsões do Mestre Audigat.

Antonine encontrou algumas pessoas que aproveitavam a oportunidade para visitar as ruínas, que estavam fechadas aos turistas havia muito tempo. Ela também ficou passeando por ali, como uma turista atraída pelo espetáculo grandioso. Mas o tilintar de um pequeno sino trouxe as pessoas de volta ao castelo, e ela permaneceu sozinha, aventurando-se pelos caminhos que não tinham sido limpos das ervas daninhas e plantas entrelaçadas.

Ela se deixou levar pelo caminho, ao acaso, e chegou ao monte onde o crime havia sido cometido, quinze anos antes. Apesar de o marquês ter lhe revelado todas as circunstâncias daquela tragédia, ela nunca teria conseguido encontrar sua localização exata, na mata inextricável de silvas, samambaias e hera.

Antonine escalou com dificuldade, e de repente, ao alcançar um espaço mais livre, ela parou, abafando um grito. A dez passos dela, e, como ela, parado com o mesmo movimento de surpresa, surgiu a figura de um homem cuja poderosa estatura, ombros enormes e rosto robusto ela não tinha conseguido esquecer por quatro dias.

Era o inspetor Gorgeret.

Por pouco que ela o tivesse vislumbrado na escadaria do marquês, não se enganava: era ele. Era o policial cuja voz dura e entoações rosnantes ela tinha ouvido, aquele que a tinha seguido na estação e anunciado sua intenção de prendê-la.

A cara dura assumiu uma expressão bárbara. Um riso perverso lhe torcia a boca, e ele rosnou:

– Que sorte! A pequena loura que eu perdi três vezes, outro dia... O que você está fazendo aqui, pequena senhorita? Então, você também está interessada na venda do castelo?

Ele deu um passo à frente. Assustada, Antonine tentou sair dali; mas, além de não ter forças, como ela poderia fugir, encurralada pelos obstáculos que a impediam?

Ele avançou mais um passo, zombando.

– Não há como escapar. Estamos bloqueados. Que vingança para o Gorgeret, hein? Eis que o Gorgeret, que por tantos anos nunca tirou os olhos do caso tenebroso deste castelo, e que não perderia a oportunidade de vir aqui no dia da venda, dá de cara com a amante do Grande Paul. Se realmente existe uma providência, você há de reconhecer que ela me protege descaradamente.

Mais um passo. Antonine se segurava para não cair.

– Parece que alguém está com medo... Você está fazendo uma cara... Na verdade, a situação é bem ruim, duplamente ruim, e será preciso explicar ao Gorgeret como o caso de Clara Loura e Grande Paul está relacionado com a aventura no castelo, e o papel que o Grande Paul desempenha nesta conjuntura. Tudo isso é cativante, e Gorgeret precisa de revelações surpreendentes.

Mais três passos. Gorgeret tirou o mandado de sua carteira e o desdobrou com um ar de zombaria feroz.

– Devo ler o meu pequeno jornal? Não há necessidade, não é mesmo? Você me acompanhará obediente até o meu carro, e em Vichy pegaremos o trem para Paris. É verdade, vou ter que desistir da cerimônia do leilão, sem lamentar. Eu tenho uma distração melhor. Mas que diabos...?

Ele fez uma pausa. Aconteceu algo que o intrigou. Toda expressão de medo estava gradualmente desaparecendo do rosto louro e parecia – fenômeno incompreensível – sim, parecia que um sorriso vago começava a iluminar seu rosto. Poderia ser verdade, e era possível admitir que seus olhos se desviavam dos olhos dele? Ela não mais parecia uma presa acuada, um pássaro fascinado e trêmulo. Na verdade, para onde foram seus olhos, e para quem ela sorria?

Gorgeret deu meia-volta.

– Maldição! – ele murmurou. – O que esse homem está fazendo aqui?

Na realidade, Gorgeret só podia ver, no canto de um pilar, onde estavam os restos de uma capela, um braço saliente e uma mão que lhe apontava um revólver... Mas, dada a súbita calma da jovem, ele não duvidou nem por um segundo que tal braço e tal mão pertenciam ao senhor Raoul, que parecia determinado a defendê-la. Clara, a Loura, no castelo de Volnic, pressupunha a presença do senhor Raoul, bem à maneira brincalhona do senhor Raoul de permanecer invisível enquanto lançava uma ameaça com seu revólver.

Gorgeret, por sua vez, não teve nem um só momento de hesitação. Ele era muito corajoso, e nunca recuava diante do perigo. Por outro lado, se a menina fugisse – e ela não fugiu – ele saberia como pegá-la no parque ou no vilarejo. Então ele correu para frente, gritando:

– Você não vai atirar em mim, meu chapa.

A mão desapareceu. E, quando Gorgeret chegou ao canto do pórtico, ele viu apenas uma cortina de hera drapeada, de um arco até o outro. Ele continuou seu caminho, pois o inimigo não poderia simplesmente ter desaparecido. Mas, quando ele passou, um braço saltou do meio da hera – um braço que não acenava com nenhuma arma, mas que tinha um punho. Um punho que atingiu Gorgeret diretamente no queixo.

O golpe, preciso e implacável, cumpriu sua tarefa de forma eficiente: Gorgeret perdeu o equilíbrio e desmoronou, como o árabe havia desmoronado sob o impacto de um sapato. Gorgeret não estava ciente de mais nada. Ele estava desmaiado.

Sem fôlego, Antonine chegou ao terraço. Seu coração batia tão rápido que precisou sentar-se, antes de entrar no castelo, onde todos os visitantes tomavam seus lugares um após o outro. Mas ela tinha tanta confiança nesse estranho que a defendia, que se recuperou rapidamente de sua emoção. Ela estava certa de que Raoul seria capaz de trazer o policial à razão, mas sem machucá-lo. Mas como Raoul tinha ido parar lá, mais uma vez pronto a lutar por ela?

Ela procurou escutar, com seus olhos fixos nas ruínas, e mais especialmente no lado onde ocorrera o encontro. Não ouviu nenhum som. Não conseguiu vislumbrar nem a mais leve figura, ou nada de suspeito.

Por mais tranquila que estivesse, ela resolveu se posicionar de tal forma que ainda pudesse escapar de um retorno ofensivo de Gorgeret, e fugir por alguma outra saída do castelo. No entanto, a pequena cerimônia que ali estava sendo preparada a cativou tanto que ela se esqueceu completamente do perigo.

O grande salão foi aberto, além do vestíbulo e de uma sala de espera. A assembleia foi organizada em torno das poucas pessoas que o tabelião supunha que estavam interessadas em comprar, as quais ele fez com que se sentassem. Sobre uma mesa encontravam-se dispostas as três pequenas velas sacramentais.

Mestre Audigat agia com solenidade e falava com ênfase. De tempos em tempos ele se dirigia ao marquês de Erlemont, cujo *status* de proprietário tornava-se conhecido pela multidão. Um pouco antes da hora, Mestre Audigat sentiu a necessidade de dar algumas explicações. Ele enfatizou a situação do castelo, sua importância histórica, sua beleza, seu bucolismo, e o bom negócio que a aquisição constituiria.

Em seguida, ele explicou o mecanismo do leilão. Cada uma das três velas ficaria acesa por cerca de um minuto. Portanto, havia tempo bastante para negociar antes que se apagasse a última, mas era arriscado demorar-se demais.

O relógio bateu quatro horas da tarde.

Mestre Audigat ergueu uma caixa de fósforos, pegou um, riscou-o e aproximou a chama da primeira das três velas; tudo isso com os gestos de um mágico que iria tirar uma dúzia de coelhos da cartola.

A primeira vela foi acesa.

De imediato, houve um grande silêncio. Os rostos ficaram tensos, especialmente os das mulheres sentadas, cuja expressão era bastante peculiar, ou demasiado indiferente, ou dolorosa, ou desesperada.

A vela se apagou. O tabelião advertiu.

– Mais duas chamas, senhoras e senhores.

Um segundo fósforo. Uma segunda chama acesa. Uma segunda extinção.

Mestre Audigat assumiu uma voz lúgubre:

– A última chama... Que não haja mal-entendidos... As duas primeiras velas queimaram. A terceira permanece. Gostaria de deixar claro que a oferta inicial é de oitocentos mil francos. Não é permitida uma oferta inferior.

A terceira vela foi acesa.

Uma voz tímida disse:

– Oitocentos e vinte e cinco.

Outra voz respondeu:

– Oitocentos e cinquenta.

O tabelião, falando por uma senhora que tinha feito um sinal, disse:

– Oitocentos e setenta e cinco.

– Novecentos – respondeu um dos amadores.

O tabelião assustou-se e repetiu apressadamente:

– Novecentos mil... Novecentos mil... Quem dá mais?... Vejamos, senhoras e senhores, esse é um número absurdo... O castelo...

Um novo silêncio.

A vela se extinguia. Alguns lampejos de agonia, entre a cera derretida. Então, no fundo da sala, ao lado do vestíbulo, uma voz articulou:

– Novecentos e cinquenta.

A multidão se abriu. Um cavalheiro se apresentou, sorridente, pacífico e simpático, repetindo calmamente:

– Novecentos e cinquenta mil francos.

Antonine tinha reconhecido o senhor Raoul desde o início.

UM ESTRANHO COLABORADOR

Apesar de suas pretensões de compostura, o tabelião ficou um pouco atônito. Uma oferta que era o dobro das anteriores, não é algo que acontece com frequência.

Ele sussurrou:

– Novecentos e cinquenta mil francos... Quem dá mais?... Novecentos e cinquenta... Vendido.

Todos aglomeravam-se em torno do recém-chegado. O Mestre Audigat, preocupado e hesitante, estava prestes a lhe pedir uma segunda confirmação e a perguntar pelo seu nome, suas referências, entre outras coisas, quando ele entendeu, pelo olhar de Raoul, que o cavalheiro não era daqueles que se deixam manipular. Há hábitos e convenções aos quais se deve submeter-se. Explicações desse tipo não acontecem em público.

O tabelião apressadamente empurrou as pessoas para fora, a fim de reservar a sala de estar para a conclusão desse negócio, que se apresentava de maneira tão peculiar. Quando ele voltou, Raoul estava sentado em frente à mesa e, com a caneta na mão, assinava um cheque.

Um pouco mais longe, de pé, Jean de Erlemont e Antonine seguiam seus gestos sem dizer uma palavra.

Sempre despreocupado e tranquilo, Raoul se levantou e se dirigiu ao tabelião com a casualidade de um cavalheiro cuja função é tomar decisões:

– Em alguns instantes, Mestre Audigat – disse ele –, tomarei a liberdade de encontrá-lo em seu escritório, onde o senhor poderá examinar os documentos que lhe apresentarei. Pode me dizer de que informações o senhor precisa?

O tabelião, atônito com esta atitude, respondeu:

– Primeiramente seu nome, senhor.

– Aqui está meu cartão: Dom Luís Perenna, português, de origem francesa. Aqui está meu passaporte, e todas as referências úteis. Para o pagamento, aqui está um cheque com a metade do valor, que poderá ser sacado no Banco de Crédito Português, em Lisboa, onde eu mantenho minha conta. A outra metade será paga no prazo que o senhor de Erlemont gentilmente deverá fixar, ao final de nossa conversa.

– Nossa conversa? – perguntou o marquês, surpreso.

– Sim, senhor, tenho várias coisas interessantes para lhe comunicar.

O tabelião, ficando cada vez mais confuso, estava a ponto de fazer algumas objeções, pois quem poderia provar que haveria saldo suficiente? Quem poderia provar que, no intervalo necessário para o pagamento do cheque, os fundos não estariam esgotados? Ele não sabia o que dizer a este homem, que o intimidava, e que sua intuição pessoal mostrava ser um cavalheiro não muito escrupuloso e, de qualquer forma, bastante perigoso para um oficial ministerial que seguia as leis à risca.

Em resumo, ele achou prudente refletir, e disse:

– Encontre-me no meu escritório, senhor.

Ele foi embora, com a pasta debaixo do braço. Jean de Erlemont, desejoso de trocar algumas palavras com ele, o acompanhou até o terraço. Antonine, que havia escutado as explicações de Raoul com visível agitação, também queria sair. Mas Raoul tinha fechado a porta e empurrado a moça para longe. Perturbada, ela correu em direção à outra porta, que se abria diretamente para o corredor. Raoul a pegou e a agarrou pela cintura.

– Ei, o que é isso? – disse ele, rindo. – Você está muito arredia hoje. Então, nós não nos conhecemos? Gorgeret derrotado agora há pouco, o Grande Paul demolido na outra noite, nada disso importa mais para a senhorita?

Ele queria beijá-la na nuca, mas alcançou apenas o tecido de seu corpete.

– Deixe-me! – gaguejou Antonine. – Deixe-me... Isso é abominável...

Obstinadamente voltada para a porta, que tentava abrir, ela lutou furiosamente. Raoul ficou irritado, enlaçou seu pescoço, virou sua cabeça, e bruscamente procurou pela boca que fugia dele.

Ela gritou:

– Ah, que vergonha! Vou gritar... Que vergonha!

Ele recuou, subitamente. Os passos do marquês ecoaram nas lajes do salão. Raoul zombou:

– Você é valente! Mas eu não esperava esta repulsa! Caramba! Na outra noite, na biblioteca do marquês... Você estava mais volúvel. Voltaremos a nos encontrar, você sabe, minha linda.

Ela não tentou mais abrir a porta, e também deu um passo para trás. Quando Jean de Erlemont entrou, ele a viu na sua frente, em uma atitude de hesitação e emoção.

– O que há de errado?

– Nada... nada... – ela disse, ainda sufocada. – Eu queria falar com o senhor.

– Sobre o quê?

– Nada demais... Uma coisa trivial... Eu fui enganada. Garanto-lhe, padrinho...

O marquês voltou-se para Raoul, que ouvia a tudo com um sorriso, e respondeu ao seu questionamento silencioso:

– Suponho que a senhorita queira falar com o senhor sobre um pequeno mal-entendido, que eu mesmo quero esclarecer.

– Não entendo, senhor – disse o marquês.

– É o seguinte. Eu dei meu nome verdadeiro, dom Luís Perenna. Mas, por razões pessoais, vivo em Paris sob um nome falso, senhor Raoul. E foi como tal que eu aluguei, senhor marquês, o seu mezanino no Cais Voltaire. No outro dia, a senhorita tocou minha campainha em vez da sua, e eu corrigi o erro dela, enquanto me apresentava com o meu nome falso. Bem, é isso! Hoje, ela deve ter experimentado uma grande surpresa.

A surpresa de Jean de Erlemont pareceu igualmente grande. O que queria com ele esse estranho, cuja conduta e cujo estado civil não pareciam estar esclarecidos?

– Quem é o senhor? O senhor me solicitou uma entrevista... Sobre o quê?

– Sobre o quê? – disse Raoul, que, durante essa conversação, não voltou mais os olhos para a jovem. – Sobre negócios...

– Eu não faço negócios – afirmou Erlemont, com uma voz cortante.

– Eu também não – disse Raoul –, mas eu cuido dos negócios dos outros.

Aquilo estava se tornando sério. Seria o início de uma chantagem? A ameaça de um inimigo que estava prestes a ser descoberto? De Erlemont tateou o coldre de seu revólver, e depois olhou para sua afilhada. Ela ouvia a tudo com ansiedade.

– Sejamos breves – disse ele. – O que o senhor quer?

– Recuperar a herança que lhe foi negada uma vez.

– Herança?

– A herança de seu avô, uma herança que desapareceu. O senhor contratou uma agência a esse respeito, mas as pesquisas foram inúteis.

– Ah, bom! – gritou o marquês, rindo. – Você se apresenta como um agente de investigação!

— Não, mas como um amador que gosta de ajudar os seus semelhantes. Eu tenho uma queda por este tipo de investigação. É uma paixão, uma necessidade de conhecer, de esclarecer, de resolver esses enigmas. Na verdade, não posso contar os resultados surpreendentes que já alcancei na vida, os problemas antigos que resolvi, os tesouros históricos que trouxe à luz, as trevas que iluminei...

— Bravo! — exclamou o marquês, bem-humorado. — E, é claro, uma pequena comissão, não é?

— Nenhuma.

— Você trabalha de graça?

— É um prazer.

Raoul também estava sorridente ao lançar essas últimas palavras. Ele tinha ido muito além dos planos que havia revelado a Courville! Os vinte ou trinta milhões para si mesmo... Dez por cento cedidos ao marquês... Na verdade, sua necessidade de se exibir e desempenhar um belo papel diante de seu interlocutor, e especialmente diante da jovem mulher, o teriam levado a oferecer dinheiro em vez de pedi-lo.

Ele andava de um lado para o outro, com a cabeça ereta, feliz por ter convencido Erlemont e por se mostrar em vantagem.

Desnorteado, dominado por ele, o marquês pronunciou-se, sem mais ironias:

— O senhor tem alguma informação para mim?

— Pelo contrário, eu vim pedir-lhe algumas — disse Raoul alegremente. — Meu objetivo é simples: ofereço-lhe minha colaboração. Em todos os empreendimentos aos quais me dedico, há sempre um período de tentativa e erro, que seria muito mais curto se as pessoas confiassem em mim à primeira vista, o que é raro. Naturalmente deparo-me com reticências e pistas falsas, e tenho que descobrir tudo por mim mesmo. Tanto tempo é desperdiçado! Seria muito melhor se me poupasse das falsas pistas e me dissesse, por exemplo, em que consistia essa misteriosa herança, e se o senhor a reivindicou ou não.

– É só isso que deseja saber?

– Oh, não! – exclamou Raoul.

– O que mais?

– Posso falar perante a senhorita sobre o drama que ocorreu neste castelo, na época em que o senhor ainda não era o dono do Volnic?

O marquês vacilou, e respondeu surdamente:

– Certamente. Eu mesmo contei à minha afilhada sobre a morte de Elisabeth Hornain.

– Mas talvez não tenha lhe confiado o estranho segredo que o senhor escondeu da justiça.

– Que segredo?

– Que o senhor era amante de Elisabeth Hornain.

E, sem dar tempo para que Jean de Erlemont se recompusesse, Raoul continuou:

– Pois é isto que é inexplicável, e me intriga mais do que qualquer outra coisa. Uma mulher é morta e despojada de suas joias. O senhor é investigado. O senhor é interrogado, assim como todas as testemunhas. E omite a ligação entre essa mulher e o senhor! Por que esse silêncio? E por que, depois, o senhor comprou este castelo? O senhor fez alguma pesquisa? Sabe alguma coisa a mais, além do que acabei de ler nos jornais da época? Finalmente, existe alguma conexão entre o drama de Volnic e o roubo da herança, do qual o senhor foi a vítima? Os dois casos tiveram a mesma origem, os mesmos desenvolvimentos, os mesmos atores? Essas são as perguntas, senhor, para as quais eu gostaria de ter respostas definitivas, que me permitam ir adiante.

Seguiu-se um longo silêncio. A hesitação do marquês culminou em um desejo tão manifesto de não dizer nada, que Raoul encolheu ligeiramente os ombros.

– É uma pena! – exclamou ele. – E como eu lamento que o senhor não queira falar! O senhor não entende que um caso nunca é encerrado?

Ele continua vivo, por sua própria vontade, na mente daqueles que estão envolvidos. Ou então na mente daqueles que, através de algum interesse pessoal, o qual o senhor desconhece, estão inclinados a se beneficiarem com isso. Esta ideia não lhe dá motivo para refletir?

Ele sentou-se ao lado do marquês e, entoando suas sentenças, martelando suas palavras, pronunciou:

– Dentre as várias tentativas isoladas que giram em torno de seu passado, eu conheço quatro, senhor. A minha, que me levou primeiro ao mezanino do Cais Voltaire, e depois a este castelo, que comprei para que outra pessoa não o comprasse – tamanho era o meu desejo de estar no centro da questão. Essa foi a primeira! Em seguida, há Clara, a Loura, a ex-amante do Grande Paul, a famosa bandida Clara Loura, que outra noite invadiu sua biblioteca em Paris e arrombou a gaveta secreta de sua escrivaninha para vasculhar as fotografias. Já foram duas!

Raoul fez uma pausa. Com cuidado, ele evitava olhar para a jovem e, inclinado para o marquês, concentrava nele toda sua atenção. Olhando em seus olhos, aproveitando-se do assombro de Jean de Erlemont, ele articulava-se em voz baixa:

– Vamos passar ao terceiro ladrão, certamente, o mais perigoso: falemos sobre o Valthex.

O marquês engasgou.

– Valthex? O que está dizendo?

– Sim, Valthex, o sobrinho ou primo, em todo caso, o parente de Elisabeth Hornain.

– Absurdo! Impossível – protestou Erlemont. – Valthex é um jogador, um debochado, de moral duvidosa, não me importo... Mas perigoso, ele? Ora essa!

Ainda de frente para o marquês, Raoul continuou:

– Valthex tem outro nome, senhor, um apelido, pelo qual ele é bem conhecido no mundo do crime.

– No mundo do crime?
– O Valthex é procurado pela polícia.
– Impossível!
– Valthex não é ninguém mais, ninguém menos que o Grande Paul.

A agitação do marquês nesse momento foi ao extremo. Ele estava sufocado e indignado:

– O Grande Paul? O líder da gangue? Ora, isso é inadmissível... Valthex não é o Grande Paul... Como você pode ousar? Não, não, Valthex não é o Grande Paul!

– Valthex não é outra pessoa senão o Grande Paul – repetiu Raoul, implacável. – Na noite de que lhe falei, eu sabia que o Grande Paul, escondido no cais com seus cúmplices, estava espionando sua antiga namorada. Quando Clara saiu de sua casa, ele tentou sequestrá-la... Eu estava lá. Lutei com ele e, vendo o seu rosto, reconheci Valthex, cuja manobra em torno do senhor eu estive observando por um mês. Já foram três! Passemos ao quarto intruso: a polícia... A polícia que, oficialmente, abandonou o caso, mas que persiste na pessoa teimosa e vingativa do inspetor que, no passado, era o auxiliar impotente do Ministério Público: quero dizer, o inspetor-chefe Gorgeret.

Por duas vezes, Raoul havia arriscado um olhar para a jovem mulher. Ele não podia vê-la muito bem. Mas Antonine fora desmascarada, e ele adivinhava sua emoção, a angústia que devia estar sentindo ao ouvir essa história, à qual seu misterioso papel estava tão intimamente entrelaçado!

O marquês, a quem as revelações de Raoul pareciam perturbar intimamente, acenou com a cabeça.

– Lembro-me desse Gorgeret, embora ele nunca tenha me interrogado. Acho que ele não sabia da minha relação com Elisabeth Hornain.

– Não – disse Raoul. – Mas ele também soube do leilão, e veio.

– O senhor tem certeza disso?

– Eu o encontrei nas ruínas.

– Então ele participou do leilão?
– Ele não compareceu.
– Como?
– Ele ainda está lá nas ruínas.
– Vamos lá!
– Sim, eu preferi detê-lo ali, colocar uma pequena mordaça em sua boca, um pequeno lenço sobre seus olhos, pequenas amarras em seus braços e pernas.

O marquês protestou.

– Recuso-me absolutamente a me prestar a tal ato!

Raoul sorriu:

– Não está se prestando a nada, senhor. A responsabilidade por esse ato recai sobre mim, somente sobre mim. E é por pura deferência que eu o comunico a vocês. É meu dever realizar as coisas que considero úteis para nossa segurança comum, e para a condução adequada dos negócios.

Jean de Erlemont então percebeu no que estava se metendo, com essa colaboração que ele não desejava a qualquer preço, mas que lhe era imposta, tanto pelas circunstâncias quanto pela vontade de seu interlocutor. Como ele poderia evitá-lo?

Raoul continuou:

– Esta é a situação, senhor. É grave, ou pelo menos pode tornar-se grave, especialmente com respeito a Valthex, e isso me obriga a intervir imediatamente. A ex-amante do Grande Paul está sendo ameaçada por ele, e sei que o Grande Paul está determinado a agir contra o senhor; então, estou tomando a dianteira e fazendo com que ele seja preso amanhã à noite pela polícia. O que acontecerá então? Será que eles ligarão a identidade do Grande Paul à de Valthex? Ele revelará sua relação com Elisabeth Hornain, indiciando assim o senhor, após quinze anos? Não sabemos. E é por isso que eu gostaria de saber, e de estar ciente de tudo que ocorreu no passado.

Raoul esperou. Mas, desta vez, a indecisão do marquês não foi longa. Ele declarou:

– Não sei de nada... Não sei o que dizer.

Raoul se levantou.

– Muito bem. Eu vou descobrir sozinho. Demorará mais tempo. Haverá muito trabalho, talvez uma caça ao tesouro, como se costuma dizer. Foi o senhor quem quis assim. Quando parte, senhor?

– Amanhã, de carro, às oito horas.

– Bem. Creio que Gorgeret dificilmente conseguirá se libertar, exceto para embarcar no trem das dez da manhã para Vichy. Portanto, não há nada a temer no momento, se o senhor instruir a guarda do castelo para que não dê nenhuma informação sobre a senhorita e o senhor. Vai ficar em Paris?

– Apenas uma noite, e estarei fora por volta de três semanas.

– Três semanas? Então vamos nos encontrar em vinte e cinco dias, na quarta-feira, 3 de julho, no banco do terraço em frente ao castelo, às quatro horas. Está bem para o senhor?

– Sim – disse de Erlemont. – Vou ficar refletindo, até lá.

– Sobre o quê?

– Sobre as suas revelações, e sobre o que me propõe.

Raoul começou a rir.

– Será tarde demais, senhor.

– Tarde demais?

– Não terei muito tempo para o caso Erlemont. Dentro de vinte e cinco dias, tudo estará resolvido.

– O que estará resolvido?

– O caso Jean de Erlemont. No dia 3 de julho, às quatro horas, terei a verdade sobre todo o drama e todos os enigmas que o envolvem. E também lhe trarei a herança de seu avô materno... O que permitirá à senhorita, se assim o desejar, e em troca da simples restituição do cheque

que assinei anteriormente, permanecer e viver neste castelo que parece lhe agradar tanto.

– Então... Então... – disse Erlemont, muito emocionado. – O senhor realmente acredita que terá sucesso?

– Apenas um obstáculo poderia me impedir.

– Qual deles?

– Só se eu não estiver mais neste mundo.

Raoul agarrou seu chapéu, com o qual saudou Antonine e o marquês com um gesto amplo e, sem dizer mais palavras, virou-se e saiu com um certo bambolear dos quadris, o que lhe era familiar nos momentos em que ficava particularmente satisfeito consigo mesmo.

Seus passos foram ouvidos no vestíbulo e, pouco depois, a porta da torre se fechou.

Só então o marquês saiu de seu transe e murmurou, ainda pensativo:

– Não... Não... Não se confia assim em alguém à primeira vista... Certamente, eu não tinha nada de especial para lhe dizer, mas, na verdade, não se negocia com tais indivíduos.

Como Antonine estava em silêncio, ele disse a ela:

– Você concorda comigo, não concorda?

Ela respondeu, constrangida:

– Eu não sei, padrinho... Não tenho opinião...

– Como? Um aventureiro! Um homem que tem dois nomes, que ninguém sabe de onde veio!... E ninguém sabe o que ele quer... Cuidando dos meus negócios... Zombando da polícia... E ainda assim não hesitando em lhes entregar o Grande Paul.

Ele fez uma pausa na enumeração das façanhas de Raoul, meditou por um minuto ou dois, e concluiu:

– Um homem difícil mas, mesmo assim, é provável que tenha sucesso... Um homem extraordinário....

– Extraordinário – repetiu a moça, à meia-voz.

EM BUSCA DO GRANDE PAUL

A entrevista entre Raoul e Mestre Audigat foi breve. O tabelião fez perguntas bastante inúteis, às quais Raoul respondeu com respostas tão claras quanto peremptórias. O tabelião, satisfeito com sua própria astúcia e previdência, prometeu cumprir todas as formalidades necessárias o mais rápido possível.

Raoul deixou a aldeia abertamente, ao volante de seu carro, e foi para Vichy, onde alugou um quarto e jantou. Por volta das onze horas, voltou para Volnic. Ele havia estudado o entorno. Havia uma brecha na lateral da parede que era inacessível a qualquer um, exceto a ele mesmo. Ele conseguiu passar, seguiu em direção às ruínas e encontrou debaixo da hera o inspetor Gorgeret, cujas cordas e mordaças não tinham se movido. Ele disse ao seu ouvido:

– Olá, aqui é o amigo que lhe proporcionou algumas horas de soneca reconfortante. Como vejo que está gostando, trago-lhe alguns regalos: presunto, queijo e vinho tinto.

Gentilmente, ele desatou a mordaça. O outro lhe dirigiu uma saraivada de insultos, com uma voz tão estrangulada, tão furiosa, que era impossível entendê-lo. Raoul concordou:

– Enquanto não estiver com fome, não precisa se forçar, senhor Gorgeret. Sinto muito por tê-lo incomodado.

Ele recolocou a mordaça, verificou minuciosamente todas as amarras e saiu.

O jardim estava silencioso, o terraço deserto, as luzes apagadas. À tarde, Raoul tinha avistado uma escada sob o teto de um galpão. Ele a pegou. Sabia a posição do quarto onde Jean de Erlemont dormia. Ele puxou a escada e subiu. A noite estava quente, e a janela, atrás das persianas fechadas, estava aberta de par em par. Ele quebrou facilmente o trinco das persianas e entrou.

Tendo percebido a respiração regular do marquês, ele acendeu sua lanterna de bolso e viu as roupas dobradas cuidadosamente em uma cadeira.

No bolso do casaco, ele encontrou a carteira; ali estava a carta que a mãe de Antonine havia escrito ao marquês, a carta que tinha sido o motivo da expedição de Raoul. Ele a leu.

"Como eu pensava", disse ele para si mesmo. "Essa excelente senhora foi uma das muitas amantes do belo marquês, e Antonine é sua filha. Bom, mais uma informação."

Ele colocou a carta de volta em seu lugar, voltou através da janela e desceu pela escada.

Três janelas abaixo, à direita, ficava o quarto de Antonine. Ele deslizou sua escada e subiu outra vez. Novamente, as persianas estavam fechadas e a janela, aberta. Ele entrou. Sua lâmpada iluminou a cama. Antonine estava dormindo, virada para a parede, os cabelos louros despenteados.

Ele esperou um minuto, e mais um minuto, e mais outro. Por que ele não se mexia? Por que não avançava para aquela cama, onde ela estava tão indefesa? Na outra noite, na biblioteca do marquês, ele havia sentido a fraqueza de Antonine diante dele, e o torpor com que ela aceitou o toque de sua mão, que segurava a mão dela e lhe acariciava o braço. Por que ele não aproveitou a oportunidade, já que, apesar da conduta inexplicável de Antonine durante a tarde, ele sabia que ela não teria forças para resistir?

Sua hesitação não foi longa. Ele voltou a descer.

"Maldição", pensou ele, ao deixar o castelo. "Há momentos em que mesmo as pessoas mais inteligentes não passam de peras. Pois afinal, eu só tinha que querer... Só que, enfim, querer não é poder...".

Ele retomou o caminho para Vichy, descansou, e pela manhã dirigia na estrada para Paris, muito satisfeito consigo mesmo. Ele estava mesmo no centro das atenções, entre o marquês de Erlemont e sua filha; tinha Antonine à sua disposição, e comprara um castelo histórico. Que reviravolta em tão poucos dias, após se envolver mais ativamente no caso! Certamente, ele não ousaria receber a recompensa de seus serviços casando-se com a filha do marquês de Erlemont...

"Não, não, sou um homem modesto... Tenho ambições limitadas, e não me importo com honrarias. Não, o que eu quero... Afinal de contas, o que eu quero? A herança do marquês? O castelo? O prazer do sucesso? Bobagens! O verdadeiro objetivo é Antonine. Isso é tudo."

E, falando consigo meio em voz alta, ele continuou:

"Que tonto que eu sou! Os milhões, a porcentagem, nada mais importa. Para fazer o papel de respeitável senhor e impressionar uma bela mulher, eu abriria mão de tudo. Palerma! Dom Quixote! Palhaço!"

Raoul pensava nela com um fervor que o espantava, e a Antonine que ele evocava não era a inquieta e enigmática Antonine que ele evitara olhar no castelo de Volnic, e menos ainda a manhosa e dolorosa Antonine, sujeita às leis do destino, que, naquela noite, na biblioteca, cumpria sua tarefa na escuridão. Era a outra, aquela do início, que ele havia contemplado pela primeira vez na tela luminosa de sua sala de estar! Naquele momento, e durante sua breve visita involuntária,

Antonine não era nada mais do que charme, despreocupação, alegria de viver, esperança. Minutos fugitivos em um destino duro e avassalador, mas minutos cuja doçura e alegria ele havia saboreado profundamente.

"Mas" – e esta era uma pergunta que ele fazia a si mesmo, com frequência e com irritação – "qual é a razão secreta de suas ações? Com que misterioso propósito ela manipulava e conquistava a confiança do marquês? Ela sabe que ele é seu pai? Será que ela deseja vingar sua mãe? É a riqueza que ela persegue?"

Obcecado pela lembrança e por tudo que representava esse ser tão diverso, incompreensível e delicioso, Raoul, ao contrário de seus hábitos, fez a viagem de forma muito tranquila. Ele almoçou no caminho e só chegou em Paris por volta das três horas, com a intenção de ver como Courville tratava dos preparativos. Mas ele não tinha subido metade das escadas quando, de repente, com pressa, pulou quatro degraus, e outros quatro, correu até sua porta, entrou como um louco, empurrou Courville, que estava arrumando o quarto, e correu até o telefone, lamentando:

– Puxa vida, esqueci que ia almoçar com a bela Olga. Alô, senhorita! Alô! Trocadero Palace... Quero o apartamento de Sua Majestade... Alô! Quem fala? A massagista? Ah, é você, Charlotte? Como você está, querida? Ainda feliz com seu trabalho? O que você está dizendo? A Rainha virá amanhã? Olga deve estar de mau humor! Passe-me para ela... Rápido, querida.

Ele esperou alguns segundos e depois falou, com uma voz suave e encantada:

– Finalmente é você, linda Olga! Estou tentando falar com você há duas horas... Bobagem? Hein? O que você está dizendo? Eu sou um canalha? Vamos, Olga, não fique brava. Não tenho culpa que meu carro tenha quebrado a 80 quilômetros de Paris... Você entende que, nessas condições... E você, querida, o que está fazendo? Você estava recebendo uma massagem... Ah, linda Olga, por que não estou aí?...

Ele ouviu um clique do outro lado da linha. Furiosa, a bela Olga desligara o telefone.

– Atrevida! – ele zombou. – Ela está espumando. Ah, também já estou ficando cansado de Sua Majestade!

– A rainha de Borostyria! – murmurou Courville, com repreensão. – Ficar cansado de uma rainha!

– Eu tenho outra melhor que ela, Courville! – exclamou Raoul. – Você sabe quem é aquela moça do outro dia? Não? Ah, você não é muito inteligente! Ela é filha natural do marquês de Erlemont. E que encantador é o marquês! Acabamos de passar dois dias juntos no campo. Ele gosta muito de mim. Ele me deu a mão de sua filha em casamento. Você será meu padrinho de casamento. Ah, a propósito, ele demitiu você.

– Como assim?

– Ou, pelo menos, ele quer demiti-lo. Portanto, tome a dianteira. Deixe um bilhete para ele, avise para ele que sua irmã está doente.

– Eu não tenho irmã.

– Melhor ainda. Isso não lhe trará má sorte. E depois saia daqui com suas tralhas.

– Onde vou morar?

– Debaixo da ponte. A menos que você prefira o quarto por cima da garagem, em nosso alojamento em Auteuil. Sim? Então vá. Apresse-se. E, acima de tudo, deixe tudo em ordem na casa do meu sogro. Caso contrário, mandarei prendê-lo.

Courville saiu, assustado. Raoul ficou o tempo suficiente para ver se algo suspeito estava ficando para trás, queimou alguns papéis, e às quatro e meia partiu novamente em seu carro. Na Estação de Lyon, ele perguntou sobre o expresso de Vichy e ficou aguardando na plataforma indicada.

Entre a multidão de pessoas que saía do trem e se apressava em direção à saída, ele notou a poderosa figura do Gorgeret. O inspetor mostrou seu distintivo ao funcionário e passou. Uma mão pousou sobre seu ombro. Um rosto amigável o cumprimentou. Uma boca sorridente pronunciava:

– Como vai, senhor inspetor?

Gorgeret não ficava abalado com qualquer coisa. Em sua vida como policial, ele tinha visto tantos eventos incomuns, e tantos personagens fantasiosos! Mas ele permaneceu confuso, como se não conseguisse traduzir o que sentia. Raoul se admirou:

– O que é isso, meu querido amigo? Não está doente, espero? E eu pensei que estava fazendo um favor, ao vir lhe encontrar! É uma prova de gentileza e afeto...

Gorgeret agarrou-o pelo braço e o arrastou para longe. Então, vibrando de indignação, esbravejou:

– Que cara de pau! Você acha que eu não percebi que era você, ontem à noite, nas ruínas? Bastardo! Vagabundo! Aliás, você vem comigo até a Central de Polícia. Vamos conversar lá.

Sua voz começou a crescer, de modo que os transeuntes pararam.

– Se isso lhe dá prazer, meu velho – disse Raoul. – Mas saiba que, se eu vim até aqui, e se me aproximei de você, foi porque eu tinha sérias razões. Não nos jogamos na boca do lobo (e que boca!) pelo simples prazer de se jogar lá para dentro.

O argumento convenceu Gorgeret. Ele se conteve:

– O que você quer? Fale logo.

– Preciso falar com você sobre alguém.

– Quem?

– De alguém que você odeia, de um inimigo pessoal, de alguém que você capturou e escapou, e cuja prisão deve ser a obsessão de seus pensamentos, e a glória de sua carreira. Devo dizer seu nome?

Gorgeret murmurou, um pouco pálido:

– O Grande Paul?

– O Grande Paul – confirmou Raoul.

– E então?

– Como assim?

– Você veio até a estação para falar comigo sobre o Grande Paul?

– Sim.

– Então você tem alguma revelação a fazer para mim?

– Melhor do que isso: uma oferta.

– E qual é?

– A prisão dele.

Gorgeret não vacilou. Mas Raoul já havia notado pequenos sinais, como o tremor de suas narinas e o piscar de suas pálpebras, que traíam sua emoção. Ele insinuou:

– Em oito dias? Em duas semanas?

– Esta noite.

Nova palpitação das narinas e pálpebras.

– De quanto estamos falando?

– Três francos e cinquenta centavos.

– Sem bobagens... O que você quer?

– Que você nos deixe em paz, eu e a Clara.

– Certo.

– Por sua honra?

– Por minha honra – disse Gorgeret com um falso sorriso.

– Além disso – disse Raoul –, eu preciso de cinco homens, além de você.

– Caramba! A gangue é tão grande assim?

– Provavelmente.

– Eu vou com mais cinco caras.

– Você conhece o Árabe?

– Por Deus! Ele é um sujeito temível.

– Ele é o braço direito do Grande Paul.

– Vamos lá!
– Eles se reúnem todas as noites para um aperitivo.
– Onde?
– Em Montmartre, no Bar dos Lagostins.
– Conheço.
– Eu também. Eles descem até a adega, e de lá podem escapar por uma porta dos fundos.
– Isso mesmo.

Raoul determinou:

– Estejam lá às seis e quarenta e cinco. Vocês vão saltar para a adega, todos juntos, e armados. Chegarei lá antes de vocês. Mas tenham cuidado para não atirar no bom homem com cara de jóquei inglês, que estará esperando por vocês. Esse serei eu. E depois, colocarei dois agentes na saída dos fundos para pegar os fugitivos. Certo?

Gorgeret considerou por um longo tempo. Por que se dividirem, em vez de irem juntos para o bar? Seria um estratagema? Uma maneira de queimar a cortesia dele?

Gorgeret odiava esse homem tanto quanto odiava o Grande Paul. Esse homem que tão facilmente zombava dele, e que na noite anterior o havia insultado tanto nas ruínas do castelo. Mas, por outro lado, que tentação! A captura do Grande Paul! E a repercussão de uma façanha como essa!

"Bah!" pensou Gorgeret, "eu o pegarei, mais cedo ou mais tarde… E a Clara Loura junto com ele."

E ele acrescentou em voz alta:

– Entendido. Às seis e quarenta e cinco faremos a emboscada.

O BAR DOS LAGOSTINS

O Bar dos Lagostins era frequentado por uma clientela bastante sombria: perdedores do mundo das artes ou do jornalismo, trabalhadores sem emprego (e que também não o queriam), jovens pálidos com vestimentas equivocadas, moças fardadas com chapéus emplumados e corpetes à vista. Mas, no geral, era um ambiente bastante tranquilo. Qualquer um que viesse à procura de um espetáculo mais pitoresco e uma atmosfera mais especial, ao invés de entrar, tinha que seguir um beco sem saída que o levaria até a sala dos fundos, onde seria interrogado por um homem gordo, entalado em uma poltrona: o patrão.

Todo recém-chegado, obrigatoriamente, parava em frente a essa cadeira, trocava algumas palavras com o chefe e, finalmente, se dirigia a uma pequena porta. Um longo corredor. Outra porta, cravejada de pregos. Quando essa última se abria, uma música pairava no ar, misturada com o cheiro de tabaco e do ar quente que cheirava a mofo.

Quinze degraus, ou melhor, quinze pedaços de madeira pregados na parede, levavam diretamente a uma caverna abobadada onde, naquele dia, quatro ou cinco casais se embalavam ao som de um violino, tocado por um velho cego.

Ao fundo, atrás de um balcão de zinco, ficava entronizada a esposa do patrão, ainda mais gorda do que ele, adornada com bijuterias de vidro.

Doze mesas estavam ocupadas. Em uma delas, dois homens estavam fumando, silenciosamente: o Árabe e o Grande Paul. O Árabe, com seu sobretudo de cor de oliva e seu imundo chapéu de feltro; o Grande Paul com seu boné, camisa sem gola, lenço marrom ao pescoço e maquiagem no rosto – o que o envelhecia, dava-lhe uma tez acinzentada e um aspecto de sujeira vulgar.

– Como você está feio hoje! – zombou o Árabe. – Parece que tem cem anos de idade, está com cara de defunto.

– Deixe-me em paz – disse o Grande Paul.

– Mas não, não – disse o outro. – Se você quer ficar com cara de centenário, que seja. Mas não fique com esse olhar de medo, essa cara de covarde. Não tem motivo para isso!

– Sim, tenho um monte.

– Quais?

– Eu me sinto perseguido.

– Por quem? Você não dorme no mesmo lugar faz três dias... Você desconfia da sua própria sombra, mas está sempre cercado de gente. Veja só. De duas dúzias de pessoas que estão aqui, pelo menos uma dúzia se atiraria no fogo por você, entre homens e mulheres.

– Porque eu os pago.

– E daí? Você sempre estará protegido como um rei.

Outros clientes do bar estavam chegando, sozinhos ou em pares. Eles se sentavam ou dançavam. O Árabe e Grande Paul olhavam para todos com desconfiança. O Árabe acenou para uma das garçonetes e perguntou-lhe, calmamente:

– Quem é aquele inglês ali, do outro lado?

– O chefe disse que ele é um jóquei.

– Ele vem aqui muitas vezes?

– Eu não sei. Eu sou nova aqui.

O cego assassinava um tango, e uma mulher com cara de gesso o acompanhava com sua voz de contralto esganiçado. As notas mais baixas impunham um silêncio respeitoso e melancólico.

– Sabe o que está lhe consumindo? – insinuou o Árabe. – É a Clara. Você nunca superou a separação.

O Grande Paul esmagou a mão dele.

– Cale a boca!... Não é na separação que estou pensando. É naquele miserável que agora está com ela.

– O Raoul?

– Oh, eu daria tudo para arrebentar esse cara!

– Para fazer isso, você precisa encontrá-lo primeiro. Eu procuro por ele há quatro dias... Nem sinal dele!

– Temos que acabar logo com isso. Senão...

– Senão, você está acabado? Lá no fundo, você está com medo.

O Grande Paul ficou irritado.

– Com medo? Você está louco? Eu apenas sinto, e eu sei que... Que quando eu e ele acertarmos nossas contas, um de nós dois vai parar no caixão.

– E você prefere que seja ele?

– Puxa vida!

O Árabe deu de ombros.

– Idiota! Por causa uma mulher... Você está se complicando por causa de sexo?

– Clara é mais do que uma mulher para mim, ela é minha vida... Eu não posso viver sem ela.

– Ela nunca lhe amou.

– Justamente... A ideia de que ela ama outro homem! Você tem certeza de que foi ela que saiu da casa do Raoul naquela tarde?

– Mas sim, eu lhe disse... Eu fiz a zeladora me contar. Dando uma grana, ela conta o que você quiser.

O Grande Paul cerrou os punhos e mastigou palavras de cólera. O Árabe continuou:

– E depois ela subiu para a casa do marquês. Quando ela estava descendo, houve uma briga no mezanino. Era o Gorgeret, e a moça fugiu. À noite, ela foi roubar alguma coisa no apartamento do marquês, junto com o Raoul.

– O que eles foram procurar lá? – murmurou o Grande Paul, pensativo. – Ela deve ter entrado com a chave que eu tinha, e eu pensei que tinha perdido... Mas o que eles estavam procurando? O que eles estão tramando contra o marquês? Uma vez ela me disse que a mãe dela tinha conhecido o velho, e que antes de morrer ela tinha contado algumas coisas sobre ele... Que coisas? Ela não me respondeu... Ela é uma garota tão estranha! Eu não sei nada sobre ela. Não é que ela goste de mentir... Não. Ela é tão clara quanto seu nome. Mas é mentirosa também, e voltada para si mesma.

O Árabe zombou:

– Saia dessa, meu velho... Não vá começar a chorar. Você não vai à inauguração de um novo cassino esta noite?

– Sim. O Cassino Azul.

– Bem, vá até lá e encontre outra mulher, novinha em folha. Será a sua salvação.

A adega, enquanto isso, tinha se enchido de gente. Cerca de quinze casais giravam e cantavam sob a densa fumaça dos cigarros. O cego e a mulher com cara de gesso faziam o maior de barulho possível. As moças exibiam seus ombros e eram imediatamente repreendidas pelo patrão, que exigia boas maneiras.

– Que horas são? – perguntou o Grande Paul.

– Vinte minutos para as sete... um pouco mais.

Um instante se passou. Então o Grande Paul disse:

– Já foram duas vezes que flagrei esse jóquei me encarando.

– Talvez ele seja da polícia – brincou o Árabe. – Vamos oferecer a ele uma bebida.

Eles ficaram em silêncio. O violino foi diminuindo, e depois parou. Em grande silêncio, a cara de gesso estava prestes a terminar seu tango com algumas notas baixas, que os frequentadores habituais sempre aguardavam com deferência. Ela exalou uma nota, e depois outra.

Mas ouviu-se um assobio estridente, vindo do piso superior, e a multidão desembestou em direção ao balcão.

Logo em seguida, a porta da escadaria se abriu. Apareceu um homem, dois homens, e depois Gorgeret, com seu revólver em punho, gritando:

– Mãos para cima! O primeiro que se mexer...

Ele atirou para cima, para intimidar. Três agentes escorregaram pelas escadas abaixo e também gritaram:

– Mãos para cima!

Cerca de quarenta indivíduos obedeceram aos agentes. Mas a força da multidão era tão violenta, por parte dos que tentavam escapar, que o jóquei inglês, embora fosse o primeiro a ficar de pé, não conseguia alcançar o Grande Paul. A patroa protestava, enquanto seu balcão era derrubado. Ele escondia uma porta secreta, pela qual os fugitivos se precipitavam um a um, em desordem e tumulto. Durante alguns segundos houve uma parada repentina: dois deles, exasperados, lutavam para ver quem passaria primeiro. O jóquei inglês, montado em uma cadeira, reconheceu o Árabe e o Grande Paul.

O combate corpo a corpo foi assustadoramente brutal. Nenhum deles queria ser pego pelos oficiais que avançavam. Duas balas foram disparadas, mas não os atingiram. Então, o Árabe caiu de joelhos.

O Grande Paul escapou pelo buraco negro da saída e conseguiu fechar a porta sobre si, bem no momento em que os agentes estavam chegando.

Gorgeret, correndo para cima, ria em triunfo. Cinco homens da gangue debatiam-se contra o obstáculo.

– Belas peças no meu tabuleiro! – ele comemorava.

– Especialmente – acrescentou o jóquei –, especialmente se o Grande Paul for pego na saída...

Gorgeret observou o inglês e reconheceu Raoul. Ele disse:

– Tudo resolvido. Eu coloquei lá o Flamant, aquela força da natureza!

– Muito bem, inspetor. Muito bem!

Gorgeret dava instruções. Os membros da gangue estavam sendo amarrados. Os outros estavam encurralados em um canto, sob a mira dos revólveres.

Raoul reteve o inspetor.

– Um segundo. Permita-me que eu fale um pouco com o Árabe, que está bem ali. Ainda estamos em tempo de arrancar alguma coisa dele... Mas preciso ser rápido.

Gorgeret consentiu, e depois partiu.

Raoul então se agachou ao lado do Árabe, e disse a ele em voz baixa:

– Você está me reconhecendo? Sou eu, Raoul, o cara do Cais Voltaire que lhe deu dois mil francos. Quer mais dois?

O Árabe se lamentou:

– Eu não gosto de traição...

– Sim, mas foi o Grande Paul que lhe impediu de fugir. Mas não faz mal, pois vamos pegá-lo logo em seguida...

O Árabe ficou possesso, e disse, com uma voz furiosa:

– Não pegam nada! Há outra escada, uma nova... Uma escada que leva até o beco sem saída.

– Maldição! – disse Raoul, aborrecido. – É isso que dá confiar no Gorgeret!

– Então, você é da polícia?

– Não. Mas nós trabalhamos juntos, ocasionalmente. Posso lhe ajudar com alguma coisa?

– Com nada, por enquanto, já que eles confiscaram o meu dinheiro. Mas não há provas contra mim. Quando eu for liberado, mande para mim algum dinheiro pelos correios. A. R. B. E., Caixa Postal 79.

– Então você confia em mim?

– É o jeito.

– Você está certo. Quanto você quer?

– Cinco mil.

– Nossa! Você tem apetite.

– Nem um franco a menos.

– Muito bem. Você os receberá, se a informação for boa... E se você não disser mais nada a ninguém sobre a Clara Loura. Então, onde está o Grande Paul?

– Dane-se, pior para ele... Ele jogou sujo comigo... Hoje à noite... Às dez horas... no Cassino Azul... Um clube novo.

– Ele vai estar lá sozinho?

– Sim.

– E por que ele vai para lá?

– Ele espera encontrar a loura... A sua loura, hein?... Mas, como é uma noite de gala... Não é o Grande Paul que você vai encontrar.

– Valthex, então?

– Sim, Valthex.

Raoul fez mais algumas perguntas, mas o Árabe já havia desfiado seu rosário de confissões e não tinha mais nada a dizer.

Enquanto isso, Gorgeret voltava, todo desconcertado. Raoul o arrastou para um canto, zombando dele.

– Que bagunça, hein? E o que você queria? Todos vocês se comportaram como idiotas, totalmente desinformados. De qualquer forma, não se arrependa.

– O Árabe falou?

– Não. Mas não faz mal. Vou corrigir seu erro. Encontre-me hoje à noite, às dez horas, na entrada do Cassino Azul. Vista um traje de gala, para que ninguém lhe reconheça.

Gorgeret estava chocado.

– Ora, vamos! – insistiu Raoul. – Como um homem da alta sociedade, de fraque e capa. E um pouco de pó de arroz nas bochechas e no nariz, hein? Suas bochechas são vermelhas! E que narigão! Até logo, querido amigo...

Raoul pegou seu carro em uma rua vizinha e atravessou Paris para retornar à sua casa em Auteuil, que era, naquela época, seu estabelecimento principal e o centro de suas operações. Em uma ampla avenida, pouco frequentada, no fundo de um jardim bastante apertado, estendia-se um pavilhão estreito de dois andares sem estilo, sem cor, sem nada que chamasse a atenção. Cada andar era composto por dois cômodos.

A sala dos fundos abria-se para um pátio com uma garagem desocupada, por onde se entrava pela rua de trás – que era a principal segurança de todas as instalações de Raoul. No andar inferior, havia uma grande sala de jantar, formada pelos dois cômodos, e mobiliada sumariamente. No primeiro andar, um quarto confortável e luxuoso, com banheiro. Os funcionários – um manobrista dedicado e um velho cozinheiro – dormiam em um quartinho em cima da garagem vazia. Raoul estacionava seu carro a cem metros de distância.

Às oito horas, ele se sentou à mesa. Courville, que se apresentou, disse-lhe que o marquês tinha chegado às seis horas e que a jovem não tinha voltado. Raoul estava preocupado:

– Então ela deve estar em algum canto de Paris, isolada, indefesa, e por um azar pode cair nas mãos de Valthex. Chegou a hora da verdade. Jante comigo, Courville. Depois, vamos juntos ao cassino. Capriche no traje. Você tem muito estilo para se vestir.

A *toilette* de Raoul foi demorada, interrompida pelos exercícios de alongamento. Ele tinha um pressentimento de que a noite seria quente.

– Bravo! – disse ele a Courville, quando o secretário se juntou a ele. – Você parece um grão-duque!

A bela barba quadrada do secretário coroava um peitoral impecável. Ele ostentava o peitoral de um diplomata, sobre um ventre redondo como um balão.

O CASSINO AZUL

A inauguração do Cassino Azul, construído na antiga locação de um famoso café-concerto nos Champs-Élysées, foi um evento mundial. Dois mil convites haviam sido enviados, todos eles para pessoas conhecidas, artistas e bem-cotados aspirantes à alta sociedade.

Uma luz fraca, de um azul frio como a luz do luar, brilhava sob as altas árvores da avenida, em frente ao bárbaro corredor de colunatas, todo forrado de cartazes e avisos. A multidão, direcionada pelos controladores, já invadia o salão, quando, ao bater das dez horas, Raoul apareceu com um convite na mão.

Ele havia dado suas recomendações ao Courville.

– Finja que não me conhece. Não chegue perto de mim. Mas fique na espreita ao meu redor... E ainda mais ao redor do Gorgeret. Gorgeret é o inimigo, eu desconfio dele como a peste. Se ele puder prender em dupla – Raoul e o Grande Paul –, ele não hesitará. Portanto, não o deixe escapar de suas vistas, e muito menos de sua audição. Ele vai trazer agentes, vai conversar com eles: é então que se deve prestar atenção, não apenas nas palavras, mas no próprio significado do que não for dito.

Courville acenou compulsivamente e provocou o inimigo com sua bela barba quadrada, jogada para a frente:

– Entendido – disse ele, com importância. – Mas, e se o senhor for atacado sem que eu tenha tempo para avisá-lo?

– Você protegerá minha fuga com seus dois braços estendidos e com toda a sua barba.

– Não há outra maneira?

– Impossível. Sua barba é muito respeitável.

– No entanto...

– Então, finja-se de morto. Por falar nisso, ali vem o Gorgeret... Afaste-se de mim e, sem que ele perceba, fique na cola dele.

De acordo com as instruções recebidas, Gorgeret estava cômico em seu traje de gala: um terno brilhante, tão apertado que parecia a ponto de estourar; uma cartola tão velha que ele tinha desistido de tentar abri-la; o rosto polvilhado com farinha. Seus ombros ostentavam orgulhosamente um velho casaco cor de grafite, dobrado com cuidado. Raoul se aproximou dele discretamente:

– Quem diria! Você está irreconhecível. Um verdadeiro cavalheiro... Vai passar completamente despercebido.

"Ele está rindo de mim", deve ter pensado Gorgeret, pois fez uma expressão de raiva.

– Quantos homens?

– Quatro – disse Gorgeret, que tinha trazido sete.

– Tão bem camuflados quanto você?

Raoul olhou de relance, e imediatamente identificou seis ou sete homens que poderiam reivindicar a honra de capturar todos os olhares, pois se portavam como policiais disfarçados de lordes. A partir daí, ele se plantou na frente do inspetor, para que esse não conseguisse indicá-lo aos seus acólitos.

O fluxo de chegadas ainda era grande. Raoul murmurou:

– Lá está ele...

– Onde? – disse Gorgeret, bruscamente.

– Atrás de duas senhoras, perto do controle de entrada. Um cara alto, de cartola, com lenço de seda branco.

Gorgeret virou-se e sussurrou:

– Mas não é ele... Não é o Grande Paul...

– É o Grande Paul, vestido como um cavalheiro chique.

O inspetor olhou com mais atenção:

– Ah, o canalha!

– Sim, mas tem estilo, certo? Você nunca o viu assim antes?

– Sim... Sim... Acho que sim... Nos clubes... Mas eu nunca suspeitei. Qual é o verdadeiro nome dele?

– Ele nos dirá, se tivermos uma oportunidade... Mas, acima de tudo, nada de escândalos inúteis... E sem muita pressa... Você o prenderá quando ele estiver indo embora, e então saberemos o que ele veio fazer aqui.

Gorgeret foi conversar com seus homens, mostrou-lhes o Grande Paul, e juntou-se a Raoul. Eles entraram, ambos, sem falar um com o outro. O Grande Paul tinha tomado a esquerda. Eles entraram pela direita.

A animação crescia na grande rotunda, onde vinte raios azuis de todas as tonalidades se entrechocavam, brincavam e fundiam. Ao redor das mesas, havia duas vezes mais pessoas do que deveria haver. Havia muita gritaria. Os promotores de uma nova marca de champanhe enchiam todas as taças que eram levantadas.

A novidade do espetáculo consistia no fato de que as pessoas dançavam no espaço reservado ao centro, e após cada dança começava um número de café-concerto sobre um pequeno palco, montado nos fundos. A mudança era rápida e imediata. Tudo acontecia de maneira ofegante, com um ritmo agitado. E o público cantava todos os refrões em coro.

Gorgeret e Raoul, postados de pé na passarela da direita, os rostos meio escondidos pelo folheto, não tiravam os olhos de Valthex, que, vinte passos mais adiante, escondia o máximo possível a sua alta estatura, encolhendo os ombros. Atrás dele, os homens de Gorgeret rondavam, vigiados pelo inspetor.

Um ato de malabarismo hindu foi seguido por um tango no salão. Uma valsa precedeu um número cômico. Depois acrobatas, números de canto, barra fixa, e sempre as danças. A multidão estava ficando agitada, bêbada com o barulho e a alegria fictícia. Houve até mesmo uma rusga entre os convidados e uma trupe de palhaços.

Mas eis que foi trazido ao palco um grande painel, no qual se delineava, em luzes multicoloridas, a fina silhueta de uma bailarina de rosto velado, com a seguinte inscrição, que era anunciada ao mesmo tempo por vinte telas luminosas: *A Dançarina Mascarada*. A orquestra soou. E a bailarina surgiu dos bastidores, vestida com fitas que se entrecruzavam sobre seus ombros e seus seios, e com uma ampla saia azul cravejada de estrelas douradas, da qual suas pernas nuas brotavam ao menor movimento.

Ela ficou parada por um momento, como a mais graciosa escultura de Tânagra. Uma gaze fina e dourada escondia parte de sua cabeça e rosto. Cachos macios, de admiráveis cabelos louros, escapavam por esse véu.

– Deus do céu – disse Raoul, entre dentes.

– O quê? – perguntou Gorgeret, que estava ao seu lado.

– Nada... Nada...

Mas Raoul fitava com curiosidade ardente aqueles cabelos louros, aquela figura...

Ela dançava, muito suavemente no início, pairando com movimentos invisíveis, e mantendo uma atitude fixa, onde não se conseguia discernir o menor tremor do corpo. Assim, ela deu duas voltas no palco, nas pontas de seus pés descalços.

– Veja só, olhe a cara do Grande Paul – murmurou Gorgeret.

Raoul ficou sem palavras. Todo o rosto daquele homem estava contraído por uma atenção frenética, dolorosa em sua intensidade. Para ver melhor, ele elevava sua altura novamente. Seus olhos se fixavam loucamente sobre a dançarina mascarada.

Gorgeret soltou uma risada manhosa.

– Digamos, serão os cabelos louros que o colocam em tal estado? Isso o faz lembrar de sua Clara... A menos que... A menos que...

Ele hesitou em expressar seu pensamento inesperado. No final, terminou, em pedaços:

– A menos que... Mas sim... Poderia muito bem ser ela, a moça dele... Ou melhor, a sua. Isso seria engraçado!

– Você está louco! – respondeu Raoul, secamente.

Mas a ideia o assaltara desde o primeiro momento. No início, ele havia notado apenas a semelhança exata dos cabelos e sua cor, e a maciez indelével de seus cachos. Mas a emoção de Valthex, seu esforço visível para afastar a gaze dourada e alcançar a plenitude daquele rosto, o atingiram com força. Ele, Valthex, ele sabia. Ele devia conhecer as habilidades de Clara como bailarina; devia tê-la visto dançar em outros palcos, em outros países, e conhecia cada detalhe dessa graça infantil, dessa visão de sonho e fantasia.

"É ela... É ela...", pensou Raoul.

E ainda assim, como era possível? Como poderia aquela moça da província, filha do marquês de Erlemont, ter aprendido esse conhecimento e essa profissão? Como ela poderia ter tido tempo, no retorno de Volnic, de ir para casa, aprontar-se e vir para o cassino?

Mas, quanto mais ele fazia objeções, mais elas sucumbiam sob a investida de argumentos contrários. No tumulto de seu cérebro, a cadeia de fatos prováveis se formava da maneira mais lógica. Não... Poderia não ser ela... Mas como negar cegamente que poderia ser?

Lá no palco, ela se animava cada vez mais, diante da crescente agitação do público. Ela girava, com gestos precisos, que estacavam bruscamente e, de repente, retomavam o ritmo da orquestra. Suas pernas disparavam, e era isso que especialmente desencadeava o entusiasmo: suas pernas esbeltas, bem torneadas, e que eram muito mais vivas, mais maleáveis e mais livres do que os braços sinuosos.

Gorgeret observou:

– O Grande Paul está se esgueirando em direção aos bastidores. Imagino que o acesso seja livre para todos.

De fato, no final da passarela, à direita e à esquerda, havia uma rampa. Em seu topo, um controlador tentava em vão conter os indiscretos.

– Sim – disse Raoul, após perceber a manobra do Grande Paul. – Sim, ele tentará se aproximar dela nos bastidores. Ordene que seus homens se reúnam na saída dos artistas, que deve ser pela lateral, e estejam prontos para entrar por ali, em caso de alerta.

Gorgeret concordou e afastou-se. Três minutos depois, enquanto o inspetor esforçava-se para reunir suas tropas, Raoul deixou a sala. Lá fora, contornando o Cassino, precedendo assim os agentes, ele se encontrou com Courville, que lhe deu o relato de sua missão.

– Acabo de ouvir as ordens de Gorgeret, senhor. Eles vão agarrar o senhor e prender a dançarina mascarada.

Era o que Raoul temia. Ele não sabia se a bailarina era Antonine. Mas Gorgeret não teve medo de arriscar. E se fosse ela mesma, Antonine, seria apanhada pela polícia ou pelo Grande Paul, e estaria perdida para sempre.

Ele começou a correr. Estava com medo. A fisionomia dura e ameaçadora do Grande Paul diziam a ele que, se o bandido pusesse as mãos em Antonine, ele seria capaz de todo tipo de brutalidade.

Raoul e Courville passaram pela pequena entrada.

– Polícia – disse Raoul, mostrando um cartão para o concierge.

Eles conseguiram passar.

Uma escadaria e um corredor os conduziram até os camarins dos artistas.

No mesmo instante, a dançarina saía de um desses camarins. Durante as ovações, ela havia voltado para buscar um grande xale para a segunda parte de seu número. Ela trancou a porta e deslizou entre os ternos negros que tinham invadido os bastidores. Quando ela entrou no palco, os aplausos crepitaram. Raoul pôde ver todo o público de pé, gritando com entusiasmo.

E então, de repente, ele notou que o Grande Paul estava bem perto dele, perturbado com a passagem dessa mulher, com os punhos cerrados, as veias da fronte intumescidas. Naquele momento, Raoul não teve dúvidas de que era ela, e realmente se deu conta de todo o perigo que ameaçava a infeliz mulher.

Ele procurou por Gorgeret. O que aquele paspalho estava fazendo? Será que ele não tinha compreendido que o campo de batalha era ali, naquele espaço limitado, e que a sua presença e a de seus agentes era indispensável, pois logo alguma coisa iria acontecer?

Ele resolveu começar a luta imediatamente, e atrair para si a raiva cega do inimigo. Ele bateu suavemente no seu ombro, e quando Valthex se virou, viu a cara zombeteira daquele Raoul que ele odiava e temia.

– Você... Você... – sussurrou ele, com uma expressão de ódio. – Você está aqui por ela? Você está com ela?

Ele se controlava. Embora estivessem ocultos pela multidão, havia muitas pessoas indo e vindo ao seu redor, pessoas que tentavam assistir, operadores, camareiras... Qualquer entonação mais alta poderia ser ouvida.

Raoul riu, com o mesmo tom de voz:

– Bem, sim, eu estou com ela. Ela me deu a missão de protegê-la... Soube que há alguns malandros atrás dela. Imagine como isso me faz rir.

– E qual é a graça nisso?

– É porque, quando eu começo alguma coisa, eu sempre termino. É um hábito.

Valthex tremia de raiva.

– E já conseguiu terminar?

– Mas é claro!

– Balela! Você não vai conseguir, enquanto eu estiver vivo. E eu estou vivo! Eu estou aqui!

– Eu também estou aqui. E eu também estava lá, na adega.

– O quê?

– O jóquei era eu.

– Miserável!

– E fui eu quem levou a polícia, para levar todos vocês para o xadrez.

– Falhou – disse o outro, tentando rir.

– Falhei, de fato. Mas, esta noite, o assunto estará encerrado.

Valthex agarrou-o, fitando-o olho no olho:

– O que você está insinuando?

– Gorgeret está aqui, com os amigos dele.

– Mentira!

– Ele está aqui. Estou lhe avisando, para que você saia daqui. Rápido. Fuja. Ainda dá tempo...

Valthex espiou seu entorno com olhos aterrorizados, como uma presa acuada. Certamente ele aceitou, visivelmente, a ideia de fugir; e Raoul regozijou-se, pensando sobretudo na salvação de Antonine. Valthex iria embora, e seria apenas questão de proteger a moça contra a polícia.

– Vá, vá, fuja... Vamos, seria estúpido demais ficar aqui... Fuja.

Tarde demais. A dançarina voltou, recém-saída do palco. E ao mesmo tempo surgiu Gorgeret, vindo pela escada e correndo entre os camarins dos artistas, seguido por cinco agentes. Gorgeret, que corria obstinado na direção do inimigo.

A expressão feroz de Valthex hesitou por um momento. Ele olhou para a dançarina, que estava paralisada de medo. Olhou para Gorgeret, que estava a apenas cinco ou seis passos de distância. O que fazer? Raoul se atirou sobre ele. Mas ele conseguiu se desvencilhar, colocou a mão no bolso e puxou um revólver, que apontou na direção da dançarina.

Ouviu-se um tiro, em meio ao tumulto e ao pânico. Com um movimento rápido, Raoul havia levantado o braço dele. A bala deve ter se perdido no ar, entre o cenário. Mas a bailarina caiu, inconsciente.

O que veio a seguir, certamente, não durou mais do que dez segundos. Houve uma confusão, no meio da qual Gorgeret foi visto saltando sobre o Grande Paul e algemando-o, enquanto gritava para seus homens:

– É meu, Flamant! Os outros, peguem Raoul e a dançarina!

E nesse momento surgiu um cavalheiro pequeno, barrigudo e de barba branca. Furioso, com as pernas bem abertas, ele obstruía os agentes e protestava contra sua brutalidade. E viram um senhor muito inteligente, que, aproveitando esta intervenção e a desordem geral, abaixou-se, agarrou a dançarina de véu dourado e a carregou em seus ombros. Era Raoul. Protegido pela audácia indomável de Courville, e certo de ter vantagem sobre seus inimigos, atrasados pela massa de espectadores, ele carregou seu prêmio em direção ao salão. Por esse lado, a fuga parecia mais possível.

Ele não estava enganado. O público não se surpreendeu com o que estava acontecendo nos bastidores. Uma banda de jazz de negros burlescos tentava tocar um tango. A dança havia recomeçado. As pessoas riam e cantavam. Assim, quando Raoul emergiu entre as roupas pretas que tumultuavam a rampa da direita, e desceu, segurando uma mulher em seus braços, erguendo em direção ao teto aquela que todos reconheceram imediatamente como a dançarina mascarada, pensou-se que era uma brincadeira, um *tour de force* realizado por algum acrobata com roupas de cavalheiro, que percorria o salão carregando sua parceira. As fileiras se abriram diante dele e se fecharam novamente, mais compactas e mais hostis com aqueles que tentavam passar. Cadeiras e mesas eram movidas.

No entanto, do fundo do palco, alguém gritava:

– Detenham-no!... Detenham-no!

As gargalhadas aumentaram. Cada vez mais, as pessoas pensavam que era uma brincadeira. O jazz negro estava em fúria, com todos os seus instrumentos e vozes. Ninguém se interpôs no seu caminho. Sorrindo, sem esforço, com a cabeça virada ao contrário, ele continuava seu número, aplaudido por um público delirante. Ele continuou seu exercício até chegar às portas do grande *hall* de entrada.

Uma das portas abriu-se à sua frente. Ele saiu. Os espectadores pensavam que ele faria a volta do Cassino e retornaria ao palco. Os controladores e policiais, divertidos por esse ato inesperado, não o perturbaram. Mas assim que ele saiu, deixando a dançarina escorregar, ele a dobrou novamente sobre o ombro e tomou a avenida lateral, entre as manchas de luz e os espaços de sombra que se estendiam sob as árvores.

A cinquenta passos do Cassino, ele ouviu novamente o grito de alerta:

– Detenham-no! Detenham-no!

Ele diminuiu o ritmo. Seu carro estava por perto, em uma longa fila de carros, cujos motoristas estavam dormindo ou conversando em grupo. Eles ouviram o grito, mas não o entenderam de imediato; interrogaram-se, ficaram quietos, e por fim não fizeram nada.

Raoul depositou a dançarina em seu carro. Ela ainda estava inconsciente, ou pelo menos inerte e silenciosa. Por sorte, o motor ligou imediatamente.

"Se eu estiver mesmo com sorte", pensou ele, "e se não houver engarrafamento, e eu vou conseguir."

Deve-se sempre contar com a sorte. Era um dos princípios de Raoul... Mais uma vez, ela trabalhou a seu favor. Não havia engarrafamento, e os policiais, que estavam a apenas vinte passos de distância quando ele começou a dirigir, logo foram deixados para trás.

A grande velocidade, embora cautelosamente (pois seu outro princípio era que não se deve forçar a sorte), ele ganhou o Largo da Concórdia, atravessou o Sena e seguiu seu curso. Fora de alcance, ele diminuiu a velocidade.

"Ufa!" ele pensou, "Aqui estamos nós."

E, pela primeira vez desde que entrou em ação, ele se perguntou: "E se não for a Antonine?"

Por mais que seu impulso de convicção o tivesse forçado a intervir, sua fé o abandonou de repente. Mas não, não podia ser ela. Havia muitas provas contra esse fato, que ele havia admitido sem pensar, e nenhuma prova afirmativa resistiria ao exame. O Grande Paul era um louco, um psicopata, cuja emoção não constituía um elemento de verdade.

Raoul teve um ataque de riso. Era necessário que, em certos casos, quando o mistério de uma mulher o perturbasse, ele fosse ingênuo! Um verdadeiro colegial... Mas um colegial apaixonado pela aventura. Antonine ou outra, afinal de contas, o que importava! Estava ali uma mulher salva por ele, e a mais ardente, a mais voluptuosa das mulheres. Como ela poderia recusá-lo?

Ele acelerou novamente. Uma necessidade febril de saber o estimulava. Por que ela cobria o rosto com esses véus egoístas? A visão divina de seu corpo teria sido estragada por alguma deformação, ou por algum mal terrível? E, por outro lado, se fosse bela, que razão estranha, que medo, que desequilíbrio, que capricho, que amor a obrigava a não oferecer ao público a sua beleza?

Novamente ele cruzou o Sena. Alcançou o cais da outra margem. Auteuil. As ruas da província. Depois, uma larga avenida. Ele parou.

Sua cativa não tinha se movido. Ele se inclinou e disse a ela:

– Você pode ficar de pé? Você pode me ouvir?

Nenhuma resposta.

Após abrir o portão do jardim e tocar a campainha, ele tomou a dançarina em seus braços e a apertou contra seu peito. Sentia-se inebriado e feliz em tê-la assim tão perto, em ter aqueles lábios ao alcance de seus lábios, em poder respirar seu doce aliento.

– Quem é você? – murmurava ele, palpitando de desejo e curiosidade. – Antonine? Ou uma estranha?

O criado entrou.

– Leve o carro para a garagem, e deixe-me sozinho.

Ele entrou no prédio e subiu rapidamente as escadas, como se levasse a carga mais leve. Ganhou o quarto. Colocou a cativa em um sofá, ajoelhou-se diante dela e desatou o véu dourado.

Um grito de alegria lhe escapou:

– Antonine!

Passaram-se dois ou três minutos. Ele lhe deu alguns sais para respirar e banhou-lhe as têmporas e a testa com água fria. Ela abriu os olhos pela metade, e olhou para ele por um longo tempo. Seus pensamentos voltavam aos poucos.

– Antonine! Antonine!… – Ele repetia, em êxtase.

Ela sorriu para ele, entre lágrimas, e com certa amargura no sorriso… Mas com tão profunda ternura!

Ele procurou seus lábios. Iria ela afastá-lo, como na sala de estar do Volnic? Ou iria aceitá-lo?

Ela não resistiu.

OS DOIS SORRISOS

    Os casal terminava tranquilamente o seu o café da manhã, que o criado havia servido em uma mesinha no próprio quarto. A janela estava aberta para o jardim, de onde evolava o perfume das alfenas em flor. Entre os dois castanheiros que ficavam à direita e à esquerda, podia-se ver a avenida, e acima dela o céu azul, brilhante, e o sol. E Raoul falava…

    Todos os seus triunfos – a vitória sobre Gorgeret, a derrota do Grande Paul, a conquista da adorável Clara –, toda sua alegria se exprimia na sua exuberância cômica, no seu lirismo pateta, em sua ostentação e tagarelice irresistível, ao mesmo tempo atrevida e encantadora, ingênua e cínica.

    – Fale mais… Fale mais… – ela implorava, com os olhos vidrados nele. Aqueles olhos repletos de melancolia mesclada com a sua alegria juvenil.

    E, quando ele parava de falar, ela insistia:

    – Fale… Conte… Conte-me tudo o que eu já sei… Sim, repita toda sua aventura das ruínas de Volnic com o Gorgeret, e o leilão no grande salão do castelo, e sua conversa com o marquês.

    – Mas você estava lá, Antonine!

– Tudo o que você fez, tudo o que você disse, me fascina. Aliás, há algumas coisas que eu não entendi bem... Então, é verdade que durante a noite você invadiu o meu quarto?

– O seu quarto.

– E você não se atreveu a mexer comigo?

– Deus, não! Eu estava com medo de você. Você estava terrível no Castelo de Volnic.

– E antes disso, você esteve no quarto do marquês?

– No quarto do seu padrinho, sim. Eu queria ver a carta de sua mãe, que você entregou para ele. E foi assim que eu soube que você é filha dele.

– Eu já sabia – disse ela, pensativamente. – Eu soube pela fotografia da mamãe que encontrei no escritório dele em Paris, lembra? Mas isso não importa. É a sua vez de falar. Recomece... Explique...

E ele recomeçava. Explicava. Imitava. Arremedava as vozes e os gestos do ridículo e compassado Mestre Audigat, do preocupado e desconcertado Erlemont. E também da graciosa e suave Antonine.

Ela protestava:

– Não, essa não sou eu... Eu não sou assim.

– Você estava assim anteontem, e naquela vez em que foi à minha casa. Você fazia assim – ele gesticulava –, e assim... E assim também...

Ela ria, mas não aceitava.

– Não... Você ainda não me conheceu bem... Eu sou esta aqui.

– Ah, sim – exclamava ele –, eu vejo como você está nesta manhã... Com esses olhos brilhantes, esse sorriso reluzente... Você não é mais a moça da província daquele dia, nem a menininha do castelo, aquela que eu não conseguia olhar nos olhos, mas evitava. Você está diferente, mas eu ainda sinto seu ar de reserva e modéstia, que nunca muda... E esses cabelos louros, que reconheci ontem à noite... Toda essa figura de graça e bondade, vestida de dançarina.

Ela não tinha deixado o traje de dançarina, com seu corpete de fitas, a saia azul repleta de estrelas. E estava tão linda assim, que ele a tomou em seus braços:

– Sim – disse ele –, eu adivinhei, porque só você poderia ficar tão linda e sedutora. Mas, mesmo assim, eu não conseguia lhe ver com aquela máscara! E que medo eu sentia quando a tirei! E era você! Era você! E será você novamente amanhã, e por toda a minha vida, quando estivermos bem longe daqui.

Houve uma leve batida na porta.

– Entre!

Era o criado. Ele trouxe os jornais e algumas cartas, previamente abertas e organizadas pelo Courville.

– Ah, perfeito... Vamos ver o que dizem sobre o Cassino Azul, o Gorgeret e o Grande Paul... E também, sem dúvida, o Bar dos Lagostins. Que dia histórico!

O criado se retirou. Raoul foi imediatamente às notícias.

– Isso! Temos a honra de estar na primeira página...

Mas, logo que começou a ler o título em destaque da notícia, ele ficou sério e sua alegria sumiu de repente. Ele murmurou:

– Ah, que idiotas! Como este Gorgeret é estúpido!

E ele leu, em voz alta:

– O Grande Paul, após ter escapado da polícia durante uma batida realizada em um bar de Montmartre, é preso na inauguração do Cassino Azul, e escorrega novamente das mãos do inspetor-chefe Gorgeret e seus agentes.

– Ah! – disse ela, horrorizada. – Isso é assustador!

– Assustador? – disse ele. – Por quê? Ele vai ser pego novamente, qualquer dia destes... Eu mesmo cuidarei disso.

No fundo, essa fuga o atormentava e o irritava profundamente. Era preciso começar tudo de novo. O perigoso bandido estava livre novamente, e Antonine seria mais uma vez perseguida e ameaçada por esse inimigo implacável, que certamente não seria misericordioso e a mataria na primeira oportunidade.

Continuou lendo o artigo. Mencionava a captura do Árabe e de alguns de seus capangas, e a polícia fazia um grande alarido em torno disso. Também relatava a tentativa de assassinato da dançarina mascarada, e seu sequestro por um espectador suspeito de ser um rival, sobre quem não foi possível dar detalhes precisos que permitissem o reconhecimento de Raoul.

Quanto à dançarina mascarada, ninguém tinha visto seu rosto. O gerente do cassino a havia contratado com a ajuda de uma agência em Berlim, onde ela havia dançado "desmascarada" no inverno anterior, com grande sucesso.

"Há duas semanas", acrescentava o gerente em uma entrevista, "ela me telefonou sabe-se lá de onde, dizendo que estaria lá pontualmente no dia combinado, mas por razões pessoais ela se apresentaria com o rosto velado. Eu concordei, imaginando que seria uma atração especial, e me reservei o direito de entrevistá-la apenas na noite da apresentação. Mas ela chegou somente às oito horas, ao que parece, já completamente vestida, e trancou-se em seu camarim."

Raoul perguntou:

– Tudo isso é verdade?

– Sim – disse Clara.

– Há quanto tempo você dança?

– Eu sempre dancei, por *hobby*, e sem ser vista por ninguém. Depois que minha mãe morreu, eu tive aulas com uma ex-dançarina e fui viajar.

– Que tipo de vida você levava, Clara?

– Não me julgue. Eu estava sozinha, era cortejada... Nem sempre sabia como me defender.

– Onde você conheceu o Grande Paul?

– Valthex? Em Berlim. Eu nunca gostei dele, mas ele tinha muita influência sobre mim e eu não o desafiava... Uma noite ele me atacou no meu quarto, depois de arrombar a fechadura. Ele era o mais forte.

– Desgraçado!... E quanto tempo durou?

– Alguns meses. Depois, em Paris, ele foi incriminado em um caso. A polícia invadiu o quarto. Eu estava com ele, e foi assim que soube que ele era o Grande Paul. Fiquei tão assustada que, enquanto ele lutava, eu fugi.

– E você se escondeu na província?

Depois de uma hesitação, ela respondeu:

– Sim. Eu queria recomeçar, encontrar um trabalho, mas não consegui. Fiquei sem dinheiro. Então fechei contrato com o cassino.

– Mas... Qual o motivo de sua visita ao marquês?

– Uma última esperança de fugir da miséria e conseguir proteção.

– E, de lá, a viagem para Volnic...

– Sim, e ontem à noite, como estava sozinha em Paris, por capricho, fui ao cassino... A alegria da dançar... E também o desejo de não faltar ao meu compromisso... Um compromisso de oito dias, aliás. Eu não queria ir... Eu estava com tanto medo... E veja, meu medo estava bem fundamentado.

– Não – disse ele –, porque que eu estava lá, e você está comigo agora.

Ela se aconchegou em seus braços. Ele sussurrou:

– Que garotinha engraçada você é! Tão cheia de surpresas...Tão incompreensível!

Eles não saíram de casa, nem naquele dia, nem nos dois dias seguintes. Eles liam nos jornais tudo o que era dito sobre o caso; na maioria das vezes, eram informações fantasiosas, porque a polícia ainda não tinha conseguido obter novos resultados. A única suposição que correspondia à realidade era que a dançarina mascarada devia ser a Clara Loura, de quem se falava no passado durante as buscas ao Grande Paul. Nem quanto ao nome de Valthex, nada era mencionado. Gorgeret e seus homens não descobriram a verdadeira personalidade de seu rival. E ninguém conseguiu arrancar mais nada do Árabe.

Enquanto isso, dia após dia, a ternura e a paixão entre Raoul e sua amada cresciam cada vez mais. Ele continuava a responder a todas as perguntas que ela lhe fazia, e se esforçava para satisfazer a sua incansável curiosidade. Ela, por outro lado, parecia se retrair cada vez mais diante daquele mistério, no qual parecia refugiar-se, como se estivesse em um retiro. Sobretudo quando se tratava dela mesma, sobre seu passado, sobre sua mãe, sobre suas preocupações atuais, sobre sua alma secreta, suas intenções em relação ao marquês, o papel que ela representava junto a ele, era sempre o silêncio... Um silêncio feroz, obstinado, doloroso... Ou eram evasivas, tentativas de confissão que não davam em nada.

– Não, não, Raoul, eu lhe peço, não me pergunte nada. Minha vida e meus pensamentos não valem a pena... Apenas me ame como eu sou.

– Mas, justamente, eu não sei quem você é.

– Então, me ame como eu pareço.

No dia em que ela disse isso, ele a levou até um espelho e brincou com ela:

– Hoje, você parece ter cabelos maravilhosos, olhos de infinita pureza, um sorriso que me encanta... E uma expressão que me preocupa, onde eu acho que vejo – você não vai ficar zangada? –, onde eu acho que vejo pensamentos... Que desmentem toda a sua beleza. Mas amanhã eu a verei de maneira diferente. O mesmo cabelo, os mesmos olhos, mas um sorriso diferente e uma expressão onde tudo parece lindo e perfeito. É isso, você muda de uma hora para a outra. Às vezes você é a menina da província... E às vezes a mulher que o destino já machucou e perseguiu.

– É verdade – disse ela. – Há duas mulheres em mim.

– Sim – continuou ele, distraidamente –, duas mulheres que lutam entre si, e que às vezes se anulam... Duas mulheres que não têm o mesmo sorriso. Pois a diferença entre essas duas imagens é o sorriso...

Às vezes ingênuo e jovem, fazendo covinhas no rosto... E às vezes mais amargo, como que desiludido.

– E de qual você gosta mais, Raoul?

– Desde ontem à noite, o segundo... Aquele que é mais misterioso e mais obscuro...

Como ela ficou em silêncio, ele a chamou alegremente:

– Antonine?... Antonine, ou a mulher de dois sorrisos?

Eles tinham caminhado até a janela aberta. E ela disse:

– Raoul, quero pedir-lhe uma coisa.

– Já digo que a resposta é sim.

– Bem... Não me chame mais de Antonine.

Ele ficou surpreso.

– Não chamá-la mais de Antonine? Por que não?

– Esse era o nome da menina da província que um dia eu fui... Ingênua e corajosa diante da vida. Perdi esse nome para me chamar Clara... Clara, a Loura.

– E daí?

– Me chame de Clara... Até que eu volte a ser quem eu era antes.

Ele riu.

– Aquela que você era antes? Mas eu te perderia, querida! Se você fosse ainda a garota da província, não estaria aqui! Você não me amaria!

– Como não lhe amar, Raoul?!

– Eu pergunto, por minha vez: você sabe ao menos quem eu sou?

– Você é você – disse ela, apaixonadamente.

– Você tem certeza? Eu não tenho. Já tive tantas personalidades, desempenhei tantos papéis, que já não me reconheço mais. Veja, minha pequena Clara (já que quer que eu te chame assim): nunca sinta vergonha diante de mim; porque, o que quer que você tenha feito... Eu fiz muito mais.

– Raoul...

– Mas é verdade... Uma existência de aventureiro como a minha... Nem sempre é muito bonita. Você já ouviu falar de Arsène Lupin?

Ela vacilou:

– O quê? O que você está dizendo?

– Nada... Nada... É apenas um exemplo... Mas você tem razão... Qual é a utilidade de nos acusarmos, um ao outro? Clara e Antonine, vocês duas são doces e puras, tanto uma quanto a outra; mas é você que eu amo mais, Clara. E quanto a mim, se sou um mau sujeito, isso não me impede de ser um bom homem, e de ser um amante, talvez nem sempre fiel, mas encantador, atencioso, cheio de qualidades...

Raoul ria enquanto a beijava, e repetia a cada beijo:

– Clara... Doce Clara... Triste Clara... Enigmática Clara...

Ela disse, balançando a cabeça:

– Sim, você me ama... Mas você acabou de confessar, você é um inconstante... Meu Deus, como eu vou sofrer por você!

– Mas como você vai ser feliz! E eu não sou tão infiel quanto você pensa. Por acaso eu já te traí?

Foi a vez de Clara desatar a rir.

Durante uma semana, o público e os jornais estiveram ocupados com o Cassino Azul. Mas, em pouco tempo, diante da inércia das investigações e do colapso sucessivo de todas as hipóteses, já não se falava mais nisso. Gorgeret recusou-se a dar qualquer entrevista. E os repórteres não descobriram nenhuma pista.

Menos preocupada, Clara já saía aos finais de tarde, para fazer compras nas lojas próximas ou passear no bosque. Raoul também escolhia esse horário para atender aos seus compromissos, e não a acompanhava por medo de chamar a atenção.

De vez em quando passava pelo Cais Voltaire, perto do número 63, para verificar se o Grande Paul não estava rondando por ali, e se havia alguma movimentação de policiais no local.

Ele não encontrou nada de suspeito, e a partir daí ele instruiu Courville a manter vigilância discretamente, enquanto folheava livros nas bancas que se espalhavam pelo cais. Mas, um dia – o décimo quinto dia após o sequestro de Clara – ele mesmo, a uma segura distância, viu Clara saindo do número 63, entrando em um táxi e partindo na direção oposta.

Raoul não fez nenhuma tentativa de segui-la. Ele acenou para Courville, que se juntou a ele, e mandou-o pedir informações à zeladora. Courville voltou após alguns minutos e lhe disse que o marquês ainda não havia voltado. Mas, por duas vezes, a jovem loura já havia passado pelo prédio naquela mesma hora, indo bater na porta do marquês. Como os criados não estavam lá, ela foi embora.

"Curioso", pensou Raoul, "ela não me disse nada. O que ela foi fazer lá na mansão?"

Ele retornou à sua casa, em Auteuil.

Quinze minutos mais tarde, Clara estava de volta, toda jovial, cheia de animação.

Ele perguntou:

– Foi passear no bosque?

– Sim – disse ela. – O ar me fez muito bem! Uma tarde deliciosa para caminhar.

– Você não foi a Paris?

– Claro que não. Por que essa pergunta?

– Porque eu lhe vi lá.

Ela disse, sem se abalar:

– Você me viu lá... Na sua imaginação!

– Em carne e osso, como se costuma dizer.

– Não é possível.

– Como eu já tive a honra de afirmar a você... Eu tenho bons olhos, que nunca me enganam.

Ela olhou para ele. Ele falava com seriedade, e parecia mesmo grave, com um tom de censura em sua voz.

– Onde você me viu, Raoul?

– Saindo da mansão do Cais Voltaire, e indo embora de táxi.

Ela lhe deu um sorriso envergonhado.

– Você tem certeza?

– Tenho certeza. E a zeladora me contou que é a terceira vez que você vai até lá.

Ela ficou toda vermelha, sem saber onde enfiar a cara. Raoul continuou dizendo:

– Essas visitas não têm nada de errado. Mas por que você esconde isso de mim?

Como ela não respondeu, ele se sentou ao lado dela, pegou suavemente a sua mão e disse:

– Sempre cheia de mistérios, Clara. Como você é boba! Se soubesse até onde isso poderia nos levar... Toda essa desconfiança!

– Oh, eu não desconfio de você, Raoul!

– Não, mas você age como se desconfiasse. E, enquanto isso, os perigos vão aumentando. Fale tudo de uma vez, minha querida. Você não sabe que, mais cedo ou mais tarde, eu ficarei sabendo de tudo o que você não me diz? E quem sabe se não será tarde demais? Fale, minha querida.

Ela estava prestes a ceder. Suas feições relaxaram por um momento, e seus olhos assumiram uma expressão de tristeza e consternação, como se ela temesse as palavras que estava prestes a dizer. No final, ela não teve coragem, e explodiu em lágrimas, com o rosto entre as mãos.

– Perdoe-me – ela gaguejou. – É uma coisa que não tem a mínima importância, se eu disser ou não... Não pode mudar o que já foi, nem o que será... É uma coisinha minúscula e insignificante para você... Mas tão séria para mim! As mulheres, você sabe, são como crianças... Elas têm ideias!... Talvez eu esteja errada... Mas eu não posso... Perdoe-me.

Ele fez um gesto de impaciência.

– Que seja – disse ele. – Mas insisto, da maneira mais formal, que não volte mais para lá. Caso contrário, a qualquer hora você vai dar de cara com o Grande Paul, ou com a polícia. É isso que você quer?

Ela ficou imediatamente preocupada.

– Então não volte também. Você corre o mesmo perigo que eu.

Ele prometeu. A jovem também se comprometeu a não voltar, e nem mesmo sair de casa, até que se passassem quinze dias.

A EMBOSCADA

Raoul não se enganara ao deduzir que a mansão do Cais Voltaire estava vigiada. Mas não era vigiada de forma regular e constante, o que teria levado imediatamente ao desfecho que ele temia. Gorgeret cometera o descuido, como policial, de fazer apenas pequenas aparições no cais, e deixou a vigilância a cargo de seu esquadrão, permitindo a eles demasiada indolência na execução de suas ordens. Assim, as visitas da bela loura, assim como as rondas muitas vezes imprudentes do Courville, passaram despercebidas. Além disso, Gorgeret fora traído pela zeladora, que recebia dinheiro de Raoul, por intermédio de Courville, e também de Valthex, por meio de um de seus cúmplices. Dessa maneira, ela lhe dava apenas informações vagas e contraditórias.

A vigilância de Valthex era mais cerrada. Havia três dias que um tipo estranho, com chapéu de feltro de aba larga, longos cabelos grisalhos, de corpo encurvado, carregando um estojo de tintas, um cavalete e um banquinho dobrável, vinha se instalar às dez horas da manhã na calçada oposta, a cinquenta metros da casa de Erlemont, e rabiscava em sua tela algumas pinceladas de tinta colorida que supostamente reproduziam as margens do Sena e a silhueta do Louvre. Era o Grande Paul. Era Valthex. Os policiais nem se deram ao trabalho de investigar esse malandro, embora o seu traje fosse muito extravagante e sua pintura atraísse ainda mais curiosidade.

O Grande Paul ia embora por volta das cinco e meia, e nunca via a bela loura, que só chegava mais tarde.

Isso foi o que ele descobriu, no dia seguinte à vinda de Raoul. Ele havia consultado seu relógio e estava dando as últimas pinceladas, quando uma voz sussurrou perto dele:

– Não se mexa. Sou eu, o Sóstenes.

Três ou quatro pessoas se agrupavam em torno deles. Uma a uma, elas se afastaram. Outras pessoas chegavam.

Sóstenes, um burguês gordo com jeito de pescador, sussurrava de modo a ser ouvido apenas por Valthex, enquanto se inclinava para o quadro, fingindo o interesse de um especialista:

– Você já leu os jornais da tarde?

– Não.

– O Árabe foi interrogado novamente. Você estava certo: foi ele que lhe traiu e deu a indicação do Cassino Azul. Mas ele não quer dizer mais nada, e se recusa a ir contra você. Ele não deu nem o nome de Valthex, nem o de Raoul, e não diz uma palavra sobre a jovem. Portanto, vendo por esse lado, está tudo bem.

Sóstenes levantou-se, examinou a imagem por outro ângulo, olhou para o Sena e fez uma reverência, segurando em sua mão um binóculo que apontava em várias direções. E ele continuou:

– O marquês volta da Suíça depois de amanhã. Foi a moça que veio ontem, e contou à zeladora, para que ela pudesse avisar aos criados. Então, a menina e o marquês estão mantendo contato. Mas onde ela está? Impossível saber. Quanto ao Courville, ele mandou buscar alguns móveis novamente, e eu tenho certeza de que foi ele. Então ele trabalha com o Raoul, e deve andar por lá também, pelo que a zeladora me contou.

O vilão, enquanto escutava, desenhava com seu pincel no ar, como se estivesse fazendo medições. O cúmplice entendeu nesse gesto um sinal, olhou na direção indicada e avistou um velho mal vestido, em uma das janelas do parapeito. O velho se virou, exibindo uma inconfundível e admirável barba branca.

Sóstenes murmurou:

– Eu vi. É o Courville. Vou ficar na cola dele. Vejo você hoje à noite, naquele mesmo bistrô de ontem.

Afastando-se, ele se aproximou gradualmente de Courville. Este último dava algumas voltas, sem dúvida para despistar qualquer um que tentasse segui-lo; mas, como andava pensando em milhares de outras coisas, sem prestar atenção ao rosto das pessoas, ele não viu o Grande Paul, nem o seu cúmplice. Assim, seguiu em direção a Auteuil, levando a reboque o burguês com cara de pescador.

O Grande Paul esperou por mais uma hora. Clara não apareceu naquela noite. Mas quando Gorgeret surgiu no horizonte, ele apanhou apressadamente seu equipamento de pintura e fugiu.

À noite, os homens de sua gangue se encontraram no Petit Bistrô, em Montparnasse, que era o seu novo ponto de encontro depois da *blitz* no bar dos Lagostins.

Sóstenes juntou-se a eles.

– Descobri – disse ele. – Ela está em Auteuil. Avenida Maroc, número 27. Courville tocou a campainha. O portão se abriu sozinho. Faltando quinze minutos para as oito, vi a menina entrar. Mesmo procedimento: ela tocou a campainha, o portão se abriu.

– E ele, você o viu?

– Não. Mas não há dúvidas.

O Grande Paul ponderou e concluiu:

– Pois bem... mas antes de agir, quero ter certeza. Vamos até lá de carro, amanhã de manhã, às dez horas. E eu juro por Deus... Se a Clara estiver lá, ela não me escapa. Vagabunda!

Na manhã seguinte, um táxi parou na porta da pensão onde o Grande Paul estava hospedado naquele momento. Ele entrou. Ao volante, de chapéu de palha, roliço e corado, o cúmplice Sóstenes.

– Pé na estrada!

Ele era um ótimo motorista. Logo chegaram a Auteuil e à Avenida Maroc, uma larga via plantada com árvores jovens, disposta entre jardins antigos e velhas propriedades recém-reformadas. O pavilhão de Raoul era um resquício de uma dessas propriedades.

O carro parou mais adiante. O Grande Paul, bem escondido no táxi, podia ver pela janela traseira, a trinta passos, o portão do imóvel e as janelas do primeiro andar, ambos abertos. No banco, o motorista estava lendo seu jornal.

De tempos em tempos, eles trocavam algumas palavras. O Grande Paul estava irritado:

– Que droga! A casa parece desabitada. Já estamos aqui faz uma hora e ainda não vi ninguém.

O homem gordo zombou.

– Amantes... Não devem estar com pressa de se levantar...

Passaram-se mais vinte minutos. Depois, o relógio bateu onze e meia.

– Ah, a vadia! – rosnou o Grande Paul, com o rosto colado ao vidro. – E ele! O desgraçado!

Em uma das janelas, apareceram Raoul e Clara. Eles se apoiavam na barra da pequena sacada. O vilão podia ver seus abraços apertados, seus rostos sorridentes e felizes, os cabelos brilhantes de Clara Loura.

– Vamos sair daqui! – ordenou o Grande Paul, com o rosto contraído de ódio. – Já vi o suficiente... A cretina!... Esta foi a sua sentença de morte!

O carro partiu e acelerou em direção ao populoso distrito de Auteuil.

– Pare! – gritou o Grande Paul. – E venha comigo.

Ele saltou para a calçada e eles entraram em um café, onde havia poucos clientes.

– Dois vermutes... E algo onde eu possa escrever! – ele ordenou.

Ele pensou por muito tempo, com a boca torcida, a expressão feroz. Depois ele gaguejou, dizendo em voz baixa o resto de suas ideias:

– É isso... Sim... É isso... Ela vai cair na armadilha... Está resolvido... Como ela o ama, ela vai cair... E nessa hora eu a pego! Ela vai ceder... Se não, pior para ela!

Um silêncio. E ele perguntou:

– Que pena eu não ter nada escrito com a letra dele... Você não tem nada?

– Não. Mas tenho uma carta do Courville, arrancada da escrivaninha do mezanino.

O rosto do Grande Paul iluminou-se.

– Me dá aqui!

Ele estudou a caligrafia. Ele copiou as palavras, treinou as letras maiúsculas. Em seguida, pegando uma folha de papel, ele rabiscou apressadamente algumas linhas e assinou como Courville.

Em um envelope ele colocou o endereço, com a mesma caligrafia imitada: *"Mademoiselle Clara, Avenida Maroc, número 27."*

– Qual é o número? 27... Ótimo... Agora, ouça e preste atenção a tudo que vou falar. Eu vou embora. Sim, porque, se eu ficar aqui, vou acabar fazendo besteira. Então, almoce. Em seguida, volte ao seu dever. Logicamente, Raoul e Clara não vão sair juntos. Raoul deve sair primeiro, e depois Clara vai passear. Uma hora, uma hora e meia depois que Raoul sair, você estaciona o carro em frente à casa. Você toca a campainha, e a porta se abre. Você parece agitado e manda entregar esta carta para a jovem. Leia.

Sóstenes leu e balançou a cabeça.

– O lugar está mal escolhido. Um encontro no Cais Voltaire! Sem chance! Ela não vai.

– Ela vai, porque não vai desconfiar de nada. Como ela poderia saber que eu escolhi esse lugar para montar uma armadilha para ela?

– Que seja. Mas... e o Gorgeret? Ele poderá vê-la... e também te ver, chefe...

– Tem razão. Bom, nesse caso, envie este telegrama.

E escreveu: "*A polícia deve ser informada que o Grande Paul e seus amigos se encontram todos os dias para tomar aperitivos no Petit Bistrô, em Montparnasse*".

E ele explicou:

– O Gorgeret vai para lá. A investigação imediata provará que a informação está correta, e ele vai esperar por nós. Abandonamos esse local e escolhemos outro ponto de encontro a partir de agora. Avise aos camaradas.

– E se Raoul não sair de casa, ou sair muito tarde?

– Não importa. Vamos adiar para amanhã.

Eles se separaram. Após o almoço, Sóstenes retornou à sua missão.

Raoul e sua amada permaneceram por mais de quatro horas no pequeno pedaço de jardim em frente à casa. Fazia muito calor, e eles conversavam pacificamente, protegidos do sol pelos galhos de um velho sabugueiro.

Antes de sair, Raoul observou:

– Hoje a minha loura bonita está melancólica. Pensamentos sombrios? Pressentimentos?

– Não acredito mais em pressentimentos desde que te conheci. Mesmo assim, fico triste quando nos separamos.

– É só por algumas horas.

– Ainda é tempo demais. E essa sua vida... Tão secreta!

– Você quer que eu lhe conte sobre a minha vida e sobre minhas boas ações? O único problema é que só tenho coisas más para contar.

Depois de um momento, ela respondeu:

– Não. Prefiro não saber.

– Você está certa! – riu ele. – Eu também preferiria não saber o que estou fazendo. Mas eu tenho uma lucidez que me obriga a ver claramente, mesmo quando fecho os olhos. Até breve, querida... E não esqueça que você me prometeu não sair daqui.

– E você também não esqueça o que me prometeu, que não vai se aventurar perto do cais.

Clara acrescentou, mais baixo:

– No fundo, é com isso que estou obcecada... Os perigos que você corre...

– Eu nunca estou em perigo.

– Sim, eu sei. Mas quando eu imagino sua existência fora desta casa, eu sempre lhe vejo correndo de bandidos que querem te pegar, de policiais que estão com raiva de você...

Ele terminou:

–... De cães tentando me morder, de telhas querendo cair na minha cabeça, de chamas que sonham em me queimar...

– É isso aí! É isso aí! – disse ela, alegremente.

Ela o beijou apaixonadamente, depois o levou até o portão.

– Não demore, meu Raoul! A única coisa que importa é ter você perto de mim.

Ela se sentou no jardim, tentou ler e fazer alguns bordados. Depois de entrar em casa, tentou descansar e dormir. Mas ela estava atormentada e não tinha cabeça para nada.

De vez em quando, ela se olhava em um pequeno espelho. Como estava mudada! Quantos sinais de decadência! Grandes olheiras enegreciam o seu semblante. Os lábios estavam murchos, o sorriso pesaroso.

– O que importa? – disse ela para si mesma. – Se ele me ama como eu sou?

Os minutos se arrastavam, intermináveis. O relógio bateu cinco e meia da tarde.

Ouviu o som de um carro que parava e correu até a janela. O carro estava estacionado em frente ao portão. Um motorista gordo saiu e tocou a campainha.

Ela viu o criado cruzar o jardim e retornar com uma carta, cujo envelope ele estava examinando.

Tendo subido as escadas, ele bateu à sua porta e estendeu a missiva. "*Mademoiselle Clara, Avenida Maroc, número 27.*"

Ela abriu o envelope e leu. Um grito sufocou-lhe a garganta, e ela gaguejou:

– Estou indo... Estou indo...

O criado observou:

– Permita-me lembrar à senhora que o patrão...

Sem hesitação, ele pegou a carta das mãos dela e leu, por sua vez:

Senhorita, o patrão sofreu um acidente durante a chegada. Ele repousa em seu escritório, no mezanino. Ele está fora de perigo, mas clama pela vossa presença. Respeitosamente.

COURVILLE

A caligrafia foi tão bem imitada que o criado, que a conhecia, não ousou deter Clara. Aliás, teria sido possível detê-la?

Clara vestiu-se apressadamente, correu para o jardim, viu a figura redonda de Sóstenes, interrogou-o e, sem esperar por uma resposta, entrou no carro.

RIVALIDADE

Nem por um segundo ocorreu à Clara a ideia de que poderia haver um estratagema e uma armadilha. Raoul estava ferido, talvez morto. Além dessa terrível realidade, nada mais importava. Quando conseguia pensar friamente, no tumulto de seu cérebro, ela considerava os vários incidentes que poderiam ter ocorrido: a visita de Raoul à casa número 63, um encontro com Gorgeret ou com o Grande Paul, um confronto, uma luta, o transporte do homem ferido até o mezanino. Ela só conseguia pensar em dramas e catástrofes, e em sua imaginação a ferida tinha o aspecto de uma chaga abominável pela qual corriam borbotões de sangue.

Mas uma ferida era a menos pior das hipóteses, e uma em que ela mal acreditava. A visão da morte não a abandonava, por assim dizer, e lhe parecia que as frases escritas por Courville em sua precipitada carta teriam sido diferentes se o resultado da batalha tivesse sido menos sério. Não, Raoul estava morto. Não tinha o direito de duvidar dessa morte, que ela vislumbrou de repente como um evento que as circunstâncias já previam havia muito tempo. O destino, ao aproximá-la de Raoul, exigia essa morte inevitável. Um homem amado por Clara, e que amava Clara, fatalmente deveria morrer.

Ela também não pensou, nem por um momento, nas consequências em chegar perto do cadáver. Se a luta tivesse ocorrido entre Raoul e Gorgeret, ou entre Raoul e o Grande Paul, com certeza a polícia estaria ocupando o mezanino do Cais Voltaire. Assim, ao avistar Clara Loura, a polícia colocaria imediatamente as mãos sobre a presa tão procurada até o momento. Essa eventualidade nem sequer lhe ocorreu, ou parecia insignificante. O que importava para ela ser presa e trancafiada na prisão, se Raoul não estivesse mais vivo?

Mas ela não tinha mais forças para concatenar as ideias que a obcecavam. Elas apareciam em sua mente como frases incoerentes, ou antes em breves imagens, que se sucediam sem nenhuma lógica. Misturavam-se às paisagens que passavam diante de seus olhos, às margens do Sena, casas, ruas, calçadas, pessoas que caminhavam, e tudo isso acontecia tão lentamente que ela gritava de tempos em tempos para o motorista:

– Depressa! Vá mais rápido! O senhor não dirige...

Sóstenes virou em direção a ela seu rosto bom e cordial, como se dissesse: "Não se preocupe, minha pequena, estamos chegando". De fato, eles chegaram.

Ela saltou para a calçada.

Ele recusou o dinheiro que ela lhe ofereceu. Ela jogou a nota no assento, sem prestar atenção, e correu para o vestíbulo no andar térreo. Não viu a zeladora, que estava no pátio interno, e subiu rapidamente, espantada que tudo estivesse tão quieto e que ninguém tivesse vindo recebê-la.

Na entrada do apartamento, ninguém. Nenhum ruído.

Isso a surpreendeu, mas nada teria impedido seu impulso. Ela corria em direção ao seu destino maléfico com um ardor, e quase a esperança, de acabar logo com a sua própria vida – um desejo inconsciente de que sua morte se mesclasse com a morte de Raoul.

A porta estava entreaberta.

Ela não teve tempo de compreender o que aconteceu em seguida. Uma mão cobriu seu rosto, procurando sua boca para amordaçá-la com um lenço enrolado, enquanto outra mão agarrou seu ombro e a empurrou tão bruscamente que ela perdeu o equilíbrio, tropeçou e foi jogada na sala principal, onde caiu de bruços no chão.

Então, tranquilamente, com a maior calma do mundo, Valthex fechou o ferrolho de segurança, trancou a porta da sala e se inclinou em direção à mulher que estava ali estendida.

Clara não tinha desmaiado. Ela rapidamente saiu de seu estupor e compreendeu imediatamente a armadilha em que havia caído. Ela abriu os olhos e fitou Valthex com horror.

E Valthex, diante dessa adversária indefesa, inerte, derrotada, desesperada, começou a rir; mas era um riso que ela nunca tinha ouvido, no qual havia tanta crueldade, que teria sido uma loucura implorar por compaixão.

Ele a levantou e a sentou no sofá, o único assento que restava, além da grande poltrona. Então, abrindo as portas dos dois cômodos adjacentes, disse ele:

– Os quartos estão vazios. O apartamento está cercado. Ninguém virá lhe salvar, Clara, ninguém, nem mesmo seu bom amigo, ainda mais porque mandei a polícia ir atrás dele. Então você está perdida, e sabe o que vai acontecer.

Ele repetiu:

– Você sabe o que vai acontecer, não sabe? O que a espera?

Ele abriu uma cortina. O carro estava lá. Sóstenes vigiava, de pé na calçada, com os olhos vivos. Valthex riu novamente:

– Estamos vigiados por todos os lados, e bem vigiados. Teremos uma hora de tranquilidade. E em uma hora tantas coisas podem acontecer! Tantas coisas, mas tudo que eu preciso é apenas uma. Depois sairemos juntos, como dois pombinhos. Nosso carro está lá embaixo... Podemos pegar um trem... E será a nossa viagem de lua de mel... Está combinado?

Valthex deu um passo à frente.

Clara tremia da cabeça aos pés. Ela baixou os olhos em direção às mãos, para forçá-las a ficarem quietas, mas elas continuavam a tremer como folhas, e suas pernas também, e todo o seu corpo, que ela sentia tanto febril quanto congelado.

– Você está com medo, não está? – disse ele.

Ela balbuciou:

– Eu não tenho medo de morrer. E também não tenho medo do que possa acontecer. – Ela acenou com a cabeça. – Não vai acontecer nada.

– Ah, vai sim – disse ele – algo extremamente importante, e a única coisa que me importa. Você se lembra do que aconteceu entre nós, na primeira vez... e todas as vezes depois, por todo o tempo em que vivemos juntos. Você nunca me amou... Eu chegaria a ponto de dizer que você me odiava. Mas você era a mais fraca... Até que, cansada de guerra, exausta... Então... Lembra-se?

Ele se aproximou. Ela recuou no sofá, com os braços rígidos, tentando empurrá-lo para longe. Ele brincou:

– Você já está se preparando... Como antigamente... Que bom... Não estou pedindo que você aceite... Pelo contrário... Quando eu a beijo, eu gosto muito mais se for à força... Já perdi todo o meu amor-próprio há muito tempo...

Sua face tornou-se odiosa, atroz de ódio e luxúria. Seus dedos se crispavam, tentando agarrar e abraçar aquele frágil pescoço, que imediatamente convulsionou num guizo de agonia.

Clara havia ficado de pé sobre o sofá, do qual saltou para se abrigar atrás da poltrona. Viu o brilho de um revólver, dentro de uma gaveta entreaberta. Ela tentou agarrá-lo, mas não conseguiu. Então correu para a sala, quase caiu, e foi finalmente agarrada pelos terríveis dedos que, imediatamente, a prenderam pela garganta e lhe tiraram todas as forças.

Ela se ajoelhou. Foi jogada novamente no sofá, e ficou dobrada sobre si mesma. Ela sentia que ia desmaiar...

Mas o terrível abraço se afrouxou um pouco. A campainha no vestíbulo tinha tocado, e o seu tilintar ecoou vagarosamente pela sala. O Grande Paul, tendo virado a cabeça para aquele lado, escutava. Nenhum outro ruído. A fechadura estava trancada. O que havia a temer?

Ele estava prestes a agarrar sua presa novamente, quando deu um gemido assustado. Seus olhos haviam sido atingidos por um jato de luz que se movia entre as duas janelas, e permaneceu atônito, perplexo, incapaz de compreender a espécie de fenômeno milagroso que ocorria, fora de toda a realidade e qualquer explicação plausível.

– É ele! – murmurou, confuso.

Seria uma alucinação? Um pesadelo? Ele podia ver o rosto reluzente de Raoul no brilho de uma tela, que parecia uma tela de cinema. Não um retrato, mas uma figura viva, com olhos que se moviam, e com o sorriso agradável e alegre de um cavalheiro que se apresenta e parece dizer: "Sim, sou eu. Você não estava me esperando, estava? Não está feliz em me ver? Posso estar um pouco atrasado. Mas cheguei. Aqui estou eu".

Ouviu-se o som de uma chave sendo inserida na fechadura, o som de outra chave no ferrolho de segurança, o som de uma porta sendo aberta... Valthex tinha se levantado e observava, horrorizado. Clara também estava escutando, seu rosto mais relaxado.

A porta foi aberta, não com o impulso violento de um intruso ou de um assaltante, mas com o gesto pacífico de alguém voltando para casa, e que está feliz em chegar, porque encontrará tudo em ordem, tudo em seu devido lugar, e bons amigos falando carinhosamente sobre ele.

Sem constrangimento ou cautela, ele passou por Valthex e fechou a tela luminosa, dizendo a seu oponente:

– Não fique com essa cara de condenado à guilhotina. Esse pode ser o seu destino, mas, por enquanto, você está a salvo de todo perigo.

Em seguida, dirigindo-se à Clara:

– É nisso que dá, garotinha, desobedecer ao Raoul. O cavalheiro enviou uma carta, não foi? Deixe-me ver.

Ela lhe entregou um pedaço de papel, para o qual ele olhou de relance.

– A culpa é minha – disse ele –, eu deveria ter previsto essa armadilha. É uma armadilha clássica, e uma mulher apaixonada sempre cai de cabeça. Mas agora, mocinha, você não precisa mais ter medo. Vamos, sorria. Veja como ele é inofensivo! Um cordeirinho... Um cordeirinho estúpido... Será que o Grande Paul não se lembra de nossos encontros anteriores? Não vai arriscar começar uma nova batalha, não é, Valthex? Tornou-se uma pessoa razoável, não é mesmo? Razoável, porém estúpido. Como, diabos, você deixou seu motorista sozinho no cais? E ele parece ser uma pessoa tão especial, o seu motorista! Eu reconheci imediatamente o homem que estacionou na avenida Maroc nesta manhã. Numa próxima ocasião, peça-me alguns conselhos.

Valthex tentava se recuperar de seu desânimo. Ele cerrava os punhos. Franzia o rosto. Os escárnios de Raoul o cegavam de raiva, e isso encorajou Raoul a continuar:

– Não, nada disso, fique tranquilo, meu velho! Já disse que a guilhotina não é para hoje. Você terá tempo de sobra para se preparar. Hoje, apenas por mera formalidade, o senhor consentirá em ter suas mãos e pés amarrados, com muita gentileza e respeito. Tendo feito isso, eu ligo para a Central de Polícia, e o Gorgeret vem para receber a entrega. Veja, é um simples passeio infantil.

A raiva de Valthex aumentava a cada palavra. A ligação de Raoul e Clara, tão visível, tão profunda, deixava-o fora de si. Clara não tinha mais medo, Clara quase sorria, e ria dele, junto com seu amante.

Foi a ideia desta situação burlesca, assim como sua humilhação diante da jovem mulher, que o fizeram recobrar o sangue-frio. Por sua vez, ele tomou a ofensiva e resolveu agir, com a precisão e a raiva contida de um homem que sabe que está em posse de armas perigosas, e está determinado a usá-las.

Ele se sentou na cadeira e, martelando suas frases, batia com o pé no chão:

– Então é isto que você quer? – disse ele. – Entregar-me à lei? Você tentou no bar em Montmartre, depois no Cassino Azul, e agora quer aproveitar a chance que o colocou no meu caminho novamente? Que seja. Acho que não terá sucesso. Mas, de qualquer forma, é preciso que saiba exatamente onde seu sucesso levaria. Ela precisa saber, especialmente ela.

Ele se voltou para Clara, que permanecia imóvel no sofá, mais calma, mas ainda tensa, ansiosa.

– Vá em frente, meu velho – disse Raoul –, vá em frente com sua pequena história.

– Uma pequena história para você, talvez – disse Valthex –, mas é algo que será pesado para ela, tenha certeza disso. Veja como ela me ouve. Ela sabe que eu nunca brinco, e que não perco meu tempo falando à toa. Apenas algumas palavras, mas elas contam.

Ele se inclinou para Clara, e, olhando nos olhos dela:

– Você sabe quem é o marquês?

– O marquês? – disse ela.

– Sim, uma vez você me disse que ele conheceu sua mãe.

– Ele a conheceu, sim.

– Adivinhei na época que você tinha algumas suspeitas sobre a verdade, mas nenhuma prova.

– Que tipo de provas?

– Não se faça de sonsa. O que você veio procurar na casa do Erlemont, na calada da noite, era essa prova. Ali, na gaveta secreta, que eu já tinha descoberto bem antes, você encontrou precisamente a fotografia de sua mãe com uma dedicatória que não deixa dúvidas. Sua mãe foi uma das mil e uma amantes do marquês, e você é filha de Jean de Erlemont.

Ela não protestou. Esperou pelas próximas palavras. Ele continuou:

– Confesso que esse é um ponto secundário e, se faço alusão a ele, é simplesmente para que esta verdade fique bem clara. Jean de Erlemont é seu pai. Não sei quais são seus sentimentos por ele, mas é um fato que deve influenciar sua conduta. Jean de Erlemont é seu pai. E agora...

Valthex colocou em sua entoação e em sua atitude ainda mais gravidade, quase solenidade.

– Você sabe qual foi o papel do seu pai no drama do Castelo de Volnic? Você já deve ter ouvido falar disso, nem que seja do seu amante – com que furiosa dor Valthex pronunciou essa palavra! –, e você sabe que uma dama chamada Elisabeth Hornain, que era minha tia, foi assassinada e roubada de suas joias. Agora, você sabe qual foi o papel de seu pai nisso?

Raoul encolheu os ombros.

– Pergunta idiota. O marquês de Erlemont não desempenhou outro papel que não fosse o de convidado. Ele estava no castelo, só isso.

– Essa é a versão da polícia. É diferente da realidade.

– E qual é a realidade, na sua opinião?

– Elisabeth Hornain foi roubada e assassinada pelo marquês Jean de Erlemont.

Valthex pronunciou essa sentença enquanto batia com o punho e se levantava. Raoul respondeu com uma explosão de gargalhadas.

– Ah! Que palhaço é esse Valthex! Um humorista, um verdadeiro humorista!

Indignada, Clara protestava:

– Você mente! Você mente! Não tem o direito...

Valthex repetiu a sentença com mais violência e um tom de irada provocação. No entanto, ele ainda conseguiu controlar-se e, retomando seu assento, desenvolveu sua acusação.

– Eu tinha vinte anos na época, e nada sabia sobre os namoros de Elisabeth Hornain. Foi somente dez anos mais tarde que cartas encontradas com a minha família me revelaram a ligação entre os dois, e me perguntei por que o marquês não havia dito uma só palavra à justiça sobre isso. Por isso, eu mesmo fiz uma investigação. Certa manhã, pulei o muro do castelo. E quem eu vejo, caminhando com o guarda e fazendo um passeio entre as ruínas? Jean de Erlemont. Jean de Erlemont, o proprietário secreto do castelo! A partir daí, investiguei, li os jornais da época, os de Auvergne e os de Paris. Dez vezes voltei a Volnic, bisbilhotando, interrogando o povo da aldeia, entrando na vida do marquês, invadindo sua casa durante suas ausências, fuçando em suas gavetas, abrindo suas cartas, e tudo isso com uma ideia fixa, que não havia guiado o Ministério Público, de que era necessário seguir todos os atos desse homem, que escondia uma verdade extremamente séria.

– E você encontrou alguma coisa, velho? Você é tão esperto!

– Encontrei – disse Valthex, calmamente – e, melhor ainda, eu conectei vários detalhes que logicamente dão à conduta de Jean de Erlemont seu verdadeiro significado.

– Desembuche.

– Foi Jean de Erlemont quem fez a senhora de Jouvelle convidar Elisabeth Hornain. Foi ele quem fez Elisabeth Hornain cantar nas ruínas, quem indicou o lugar nas ruínas onde sua apresentação teria o maior efeito, e quem conduziu Elisabeth Hornain pelo jardim e pelas escadas.

– À vista de todos.

– Não, não o tempo todo. Entre o momento em que eles viraram a esquina do primeiro nível e o momento em que Elisabeth reapareceu sozinha, no final de uma avenida de arbustos que os escondia, houve um intervalo de cerca de um minuto, mais longo do que teria sido necessário para cobrir aquele pequeno passo. O que aconteceu durante esse minuto? É fácil deduzir, quando admitimos uma suposição, baseada no testemunho de vários criados que não foram interrogados o suficiente: quando Elisabeth foi vista novamente naquele momento, e depois no topo das ruínas, ela não usava mais o colar.

Raoul encolheu os ombros novamente.

– Então ele o teria roubado sem que Elisabeth Hornain protestasse?

– Não, mas ela confiou as joias a ele, sentindo que não seriam adequadas às árias que iria cantar. Um escrúpulo absolutamente de acordo com o caráter de Elisabeth Hornain.

– E depois, tendo voltado ao castelo, ele a matou, para que não fosse obrigada a devolvê-los! Ele a matou, de longe, por obra do Espírito Santo!

– Não. Ele mandou alguém matar.

Raoul ficou impaciente.

– Mas não se mata uma mulher amada apenas para roubar joias cenográficas, rubis e safiras falsas.

– Sim, é claro. Mas pode-se conviver com isso quando essas joias são reais e valem milhões.

– Ora essa! A própria Elisabeth proclamava que as joias eram falsas.

– Ela era obrigada a fazer isso.

– Por quê?

– Ela era casada, e ganhou as joias de um sul-americano que era seu amante. Por causa do marido, e por causa dos amigos que teriam ciúmes dela, Elisabeth Hornain guardou esse segredo. Disso tenho todas as provas escritas, e tenho também provas da beleza incomparável dessas pedras preciosas.

Raoul ficou em silêncio, com uma impressão de constrangimento, e observou Clara, que havia escondido o rosto entre as mãos. Ele perguntou:

– E o crime teria sido cometido por quem?

– Por um sujeito que ninguém notou, e cuja presença no castelo todos ignoravam... Gassiou, um pobre-diabo, um pastor de rebanhos... Um simplório, como dizem, que não chegava a ser tolo, mas era simples de espírito. Está provado que Erlemont encontrava-se frequentemente com Gassiou durante suas estadas na casa do senhor e da senhora Jouvelle, e que ele lhe dava roupas, charutos, até mesmo dinheiro. Por que ele fez isso? Com que finalidade? Por minha vez, comecei a fazer visitas ao tio Gassiou... Arranquei dele alguns trechos de confissão nos quais ele tentava me falar de uma mulher que cantava... E que caiu enquanto cantava... Confissões inacabadas e incoerentes. Mas um dia eu o peguei girando uma funda e apontando para uma ave de rapina, que voava por cima dele. A pedra voou de sua funda e matou o pássaro. Foi uma revelação. Fiquei estarrecido.

Houve um silêncio. Então Raoul disse:

– E agora? A sua verdade começa a se impor... Gassiou, treinado, subornado pelo marquês, empoleirou-se naquele dia no topo de algum muro nas ruínas, e seu projétil feriu mortalmente Elisabeth Hornain. Depois ele fugiu. Hipóteses!

– Certeza.

– Você tem alguma prova?

– Eu tenho algumas, e irrefutáveis.

– Então...? – perguntou Raoul com uma voz distraída.

– Então, se a justiça me prender, eu acuso o marquês de ter matado Elisabeth Hornain. Entrego todas as minhas provas, esclareço que naquela época Erlemont já estava arruinado, que ele já tinha procurado por uma herança perdida por meio de uma agência, e que, desde então, ele foi capaz de sustentar seu padrão de vida por quinze anos, graças aos lucros de seu roubo. Além disso, como sobrinho, eu reivindico essas joias, ou pelo menos os danos equivalentes ao valor das joias.

– Você não vai receber um centavo.

– Que assim seja. Mas Erlemont será desonrado, e vai direto para a cadeia. Ele deve ter tanto medo disso que, mesmo sem desconfiar de tudo o que eu sei sobre ele, nunca me recusou dinheiro.

O ASSASSINATO

Raoul andava pela sala, refletindo. Clara ainda não conseguia se mexer, absorvida, o rosto transtornado. Valthex permanecia em pé, de braços cruzados, em pose arrogante.

Raoul parou diante dele.

– Resumindo, você é apenas um chantagista.

– Eu quero apenas vingar minha tia Elisabeth. E as provas que eu tenho reunidas são o meu passaporte para a liberdade. Vou tirar proveito disso. Agora, saia da minha frente.

Raoul não tirava os olhos de cima dele.

– E o que mais? – perguntou ele – O que vai fazer agora?

Valthex acreditava que havia vencido, que tinha intimidado com suas ameaças, e que sairia cantando vitória. A atitude de Clara agarrava-se a essa ideia.

– O que vou fazer agora – disse Valthex – é levar a minha namorada comigo.

– Sua namorada?

– Sim, ela – disse Valthex, apontando para a jovem mulher.

Raoul ficou pálido. Ele rugiu:

– Então você ainda ousa?... Então você espera que...

– Eu não espero, não – disse Valthex, esquentando. – Eu quero. Eu exijo aquilo que é meu. Ela era minha mulher, e você a roubou de mim...

Ele não terminou, tão terrível era a expressão de Raoul. Sua mão fez um gesto em direção ao coldre do revólver.

Eles se desafiaram mutuamente com os olhos, como amargos rivais. E de repente Raoul, com um salto, deu-lhe um vigoroso chute nas pernas na altura do tornozelo, e depois agarrou-lhe os braços, com suas mãos implacáveis.

O outro se curvou de dor, sem forças para resistir, e foi derrubado pelo choque.

– Raoul! Raoul! – gritava a jovem, correndo em direção a ele... – Não, eu imploro... Não lutem...

A fúria de Raoul era tanta que ele enchia o inimigo de socos, inutilmente, por nenhuma outra razão que não fosse puni-lo. As explicações, as ameaças de Valthex, nada mais importava para ele. Ele tinha um homem que lutava por Clara, que tinha sido amante dela, que se vangloriava e ainda reivindicava o passado. E esse passado, para Raoul, parecia estar sendo destruído a socos e pontapés.

– Não, não, Raoul, eu lhe imploro – gemia Clara. – Não, não, deixe-o ir... Deixe-o ir, não o entregue à polícia. Eu imploro, por amor ao meu pai... Deixe-o ir embora...

Raoul respondia, sem parar de bater:

– Não se preocupe, Clara. Ele não vai dizer nada contra o marquês. Sabe se tudo isso é verdade? E de qualquer forma, ele não vai falar. Não vale a pena para ele.

– Sim! – implorou a jovem, soluçando. – Sim... Ele vai se vingar.

– Isso não importa! Ele é uma besta quadrada... Temos que nos livrar dele... Senão, algum dia, ele virá atrás de você.

Ela não cedia. Tentava impedi-lo de bater. Ela falava de Jean de Erlemont, que não tinha o direito de ser exposto a uma denúncia.

No final, Raoul soltou sua presa. Sua raiva estava desvanecendo. Ele disse:

– Está bem! Que seja! Está ouvindo, Valthex? Some daqui! Mas se ousar tocar novamente em Clara ou chegar perto do marquês, você está perdido. Vai logo, some daqui!

Valthex permaneceu imóvel por alguns segundos. Teria Raoul o machucado tanto, a ponto de não conseguir se levantar? Ele se apoiou no cotovelo, caiu para trás, e fez um novo esforço que o levou até a cadeira; tentou levantar-se, pareceu perder o equilíbrio e caiu de joelhos. Mas tudo isso não passava de uma simulação. Na realidade, ele não tinha outro objetivo senão o de se aproximar da mesa. De repente, ele mergulhou sua mão na gaveta e pegou o revólver. E, com um grito rouco, voltou-se para Raoul e levantou o braço.

Por mais inesperado que fosse o gesto, por mais rápido que fosse, não teve tempo para executá-lo. Alguém antecipara seu efeito. Clara, jogando-se entre os dois homens, tirou de seu corpete uma faca e plantou-a no peito de Valthex, sem que ele pudesse deter o golpe e sem que Raoul pudesse intervir.

No início, Valthex pareceu não sentir nada, e não sentir nenhuma dor. Seu rosto, porém, que normalmente era amarelo, aos poucos foi ficando branco. Depois seu grande corpo se estirou, imenso, desproporcional. E de uma só vez ele caiu, com o peito e os braços esticados sobre o sofá, com um suspiro profundo que foi seguido de alguns soluços. E depois o silêncio, a imobilidade.

Clara, com a faca ensanguentada na mão, contemplava com os olhos abatidos toda essa cena de declínio e aniquilação. Quando Valthex caiu, Raoul precisou apoiá-la; e ela soluçava, chocada, aniquilada:

– Eu o matei... Eu o matei... Você não vai mais me amar... Ah, que horrível!

Ele sussurrava:

– Claro que sim, eu sempre vou te amar... Eu te amo... Mas por que você fez isso?

– Ele ia atirar em você... O revólver...

– Mas, minha pequena... Não estava carregada... E eu a deixei lá justamente para induzi-lo a não usar a dele...

Ele sentou a jovem mulher na poltrona, virando-a para que ela não pudesse ver o corpo de Valthex. Então se curvou diante dele, examinou-o, escutou seu coração e disse entre dentes:

– Ainda está batendo... Mas está em agonia.

E, pensando apenas nela, nessa mulher que tinha que ser salva a todo custo, ele disse com muita firmeza:

– Vá embora, querida... Você não pode ficar aqui... Eles estão quase chegando...

Um sobressalto de energia a abalou:

– Ir embora?... Deixar você sozinho?

– Pense! E se eles lhe encontrarem aqui?

– Bem, mas e você?

– Eu não posso abandonar este homem...

Ele hesitava. Sabia que Valthex estava perdido, mas não conseguia se decidir, e estava perturbado, indeciso.

Ela foi inflexível:

– Eu não vou embora... Fui eu que dei a facada... Eu é que tenho de ficar e ser presa...

Essa ideia o aborreceu:

– Nunca! Nunca! Você, presa? Eu não concordo... Eu não quero... Este homem era um desgraçado. Pior para ele! Vamos... Não tenho o direito de deixá-la aqui...

Ele correu para a janela, levantou a cortina e deu um passo para trás:

– Gorgeret!

– O quê? – disse ela, em pânico. – Gorgeret?... Ele está vindo?

– Não... Ele está vigiando a casa, com mais dois homens... Não há como fugir.

Houve alguns segundos de confusão na sala. Raoul havia jogado uma toalha de mesa sobre o corpo de Valthex. Clara ia e vinha, sem saber o que fazer ou o que dizer. Debaixo do pano, o moribundo estava se contorcendo.

– Estamos perdidos!... Estamos perdidos... – sussurrava a jovem mulher.

– O que você está dizendo? – protestou Raoul, a quem esses momentos de emoção excessiva logo restauravam a calma e o autocontrole.

Ele pensou, consultou seu relógio, depois pegou o telefone e disse, com uma voz dura:

– Alô! Alô! Você não me ouve, senhorita? Mas não é um número! Alô! Quero falar com a patroa... Olá! É a patroa? É você, Caroline? Que sorte! Olá, querida... Aqui está... Ligue para esse número sem parar, por cinco minutos... Há um ferido na sala... Então a zeladora deve ouvir o telefone e subir. Esse é o acordo, certo? Não, Caroline, não se preocupe... Está tudo bem... É um pequeno incidente. Adeus!

Ele desligou. O toque do telefone começou. Então ele pegou a mão de sua amada e disse:

– Venha, em dois minutos a zeladora estará aqui e tomará providências. Sem dúvida, ela atravessará a rua para ir buscar Gorgeret, que ela certamente deve conhecer. Venha comigo. Vamos fugir lá para cima.

Sua voz era tão pacífica, e seu abraço tão imperioso, que ela nem pensou em protestar.

Ele pegou a faca, limpou o telefone para que suas impressões digitais não fossem visíveis, descobriu o corpo de Valthex, quebrou o mecanismo da tela de luz e eles saíram, deixando a porta bem aberta.

O telefone tocava, estridente e teimoso, enquanto subiam para o terceiro andar, ou seja, o piso habitado pelos criados, acima do apartamento de Jean de Erlemont.

Raoul começou a arrombar a porta, o que foi fácil, já que nem a fechadura nem o ferrolho estavam trancados.

Ao entrarem, e antes de empurrar a porta para trás, ouviu-se um forte grito na escadaria. Era a zeladora, que tinha sido atraída pelo toque do telefone, e que, através das portas abertas do mezanino, viu a desordem do salão e, no sofá, agonizante, o corpo do Valthex.

– Vai dar tudo certo – disse Raoul, que recuperava seu hábito de ironia silenciosa. – A zeladora vai entrar em ação. Agora é com ela. Nós estamos fora de questão.

O terceiro andar consistia nos alojamentos dos empregados, que estavam vazios naquela hora do dia, e sótãos onde havia baús ou móveis velhos em desordem. Esses sótãos eram trancados com cadeados. Raoul forçou um deles. O sótão era iluminado por uma claraboia, que ele alcançou facilmente.

Clara, muda, com uma cara deplorável, obedecia mecanicamente a tudo o que ele pedia. Ela repetiu, duas ou três vezes:

– Eu o matei... Eu o matei... Você não vai mais me amar...

Esse assassinato e a influência desse crime sobre o amor de Raoul constituíam seu único pensamento, e ela nem sequer se preocupava com sua segurança, com a possível perseguição do policial Gorgeret, e como seria a sua fuga pelos telhados.

– Aqui estamos nós – disse Raoul, que, por outro lado, se preocupava apenas (cada coisa a seu tempo) em maximizar as chances de sucesso de seu plano. – Tudo está a nosso favor! O quinto andar da casa vizinha fica na mesma altura que o telhado da nossa. Admita que...

Como ela não admitia absolutamente nada, ele mudou de assunto, para tentar animar seu ânimo.

– É exatamente isso que aquele canalha do Valthex merecia, ele se portou mal o suficiente para exigir nossa retaliação. Portanto, foi um caso de legítima defesa, sem dúvida. Ele estava nos atacando... Nosso dever era evitar seu ataque. Nossa situação é excelente.

Por mais excelente que fosse a situação, era preciso abrigar-se em segurança, o que Raoul providenciava com ardor e consciência. Ele atravessou e conduziu sua companheira através de uma pequena varanda, que se abriu para uma sala vazia. A sorte foi confirmada: o apartamento em que eles entraram estava desabitado. Havia apenas alguns móveis deitados, e o que poderia restar de uma reforma inacabada. Um corredor os conduziu até a porta da frente, que cedeu complacentemente. Uma escada... Eles desceram um andar. Depois, outro andar. Quando chegaram ao *hall* do mezanino, Raoul disse em voz baixa:

– Vamos fazer o seguinte. Em todas as casas de Paris existem zeladores e concierges. Não sei se os que estão aqui nos verão passar. Em qualquer caso, é melhor não sairmos juntos. Você vai primeiro. Vá até a rua perpendicular ao cais. Você seguirá à esquerda, de costas para o Sena. Na terceira rua à direita, há um pequeno hotel no número 5, chamado Hotel do Subúrbio e do Japão. Fique na sala de espera. Encontro você em dois minutos.

Ele envolveu seus braços ao redor do pescoço dela e a beijou.

– Vá, minha pequena, seja corajosa... E não se arrependa. Pense que você salvou minha vida. Sim, você salvou minha vida. A arma estava perfeitamente carregada.

Ele contou essa mentira com a maior desenvoltura. Mas nada fazia com que Clara largasse sua obsessão. Ela se afastou, de cabeça baixa, parecendo miserável.

E, abaixando-se, ele a viu sair pela esquerda.

Ele contou até cem. E depois contou até cem novamente, apenas por precaução. Depois ele saiu, o chapéu enterrado na cabeça, um *lorgnon* sobre os olhos.

Ele andou por uma rua estreita e movimentada, até chegar à terceira. No lado esquerdo, uma placa anunciava o Hotel do Subúrbio e do Japão, uma casa modesta na aparência, mas cuja sala, coberta por vitrais, era mobiliada com muito bom gosto.

Ele não viu Clara. Aliás, não havia ninguém lá.

Raoul, muito preocupado, voltou para fora, inspecionou a rua, apressou-se em direção ao prédio pelo qual haviam escapado e voltou para o hotel.

Ninguém.

Ele sussurrava:

– Isto é inconcebível!... Eu vou esperar... Eu vou esperar...

Ele esperou meia hora... Uma hora... Com incursões rápidas nas ruas vizinhas.

Ninguém.

Ao final, ele partiu, estimulado por uma nova ideia: Clara deveria ter se refugiado na casa de Auteuil. Em sua aflição, ela havia entendido mal o local do compromisso, ou havia esquecido, e estava chorando por lá.

Ele saltou em um táxi, que ele mesmo dirigiu, como era seu costume em uma emergência.

No jardim, ele encontrou o criado e, em seguida, na escada, Courville.

– Clara?

– Mas ela não está aqui.

Foi um baque para ele. Para onde ir? O que fazer? A inutilidade de qualquer ação só aumentava o seu tormento. E, acima de tudo, um pensamento assustador crescia dentro dele; de tal forma que, quanto mais ele pensava nisso, mais lhe parecia ser o resultado inevitável dos transes pelos quais a pobre Clara havia passado. Assassina, convencida de que seu ato a fazia objeto de horror para seu amante, havia alguma dúvida de que ela estava obcecada em cometer suicídio? Não foi por essa razão que ela fugiu? Toda a sua conduta não provava que ela não queria mais vê-lo, que não ousava vê-lo novamente?

Ele a imaginava vagando pela noite. Ela caminhava ao longo do Sena. As águas negras, brilhando com luzes dispersas, a atraíam. Ela entrava pouco a pouco. Atirava-se para dentro do rio.

A noite inteira foi horrível para Raoul. Apesar de seu autocontrole habitual, ele não conseguia abandonar suas suposições que, com a cumplicidade da escuridão, assumiam a aparência de certezas. Ele estava cheio de remorsos: remorso por não ter descoberto a armadilha de Valthex, por ter brincado com o perigo, por ter deixado a desafortunada Clara.

Ele não adormeceu até a manhã seguinte. Às oito horas, saltou da cama, como se algo o despertasse para a ação. O que seria?

Ele tocou a sineta.

– Alguma notícia? – perguntou ele. – A madame?

– Nenhuma notícia – respondeu o criado.

– Será possível?

– Creio que o senhor Courville pode lhe dar mais informações, *monsieur*.

Courville entrou.

– Então... Ela não voltou?

– Não.

– Nenhuma novidade?

– Nenhuma.

– Você está mentindo! – gritou ele, agarrando-se à secretária. – Sim, você parece embaraçado. O que está acontecendo? Fale logo, idiota! Você acha que eu tenho medo da verdade?

Courville tirou um jornal de seu bolso. Raoul o desdobrou, e imediatamente soltou um palavrão.

Lia-se no alto da primeira página, em letras garrafais:

ASSASSINATO DO GRANDE PAUL. A ex-amante, Clara Loura, é presa no local do crime pelo inspetor-chefe Gorgeret. A polícia está convencida de que ela é a autora do crime, juntamente com seu novo amante, conhecido como Raoul, que a sequestrou na inauguração do Cassino Azul. O cúmplice continua foragido.

ZOZOTTE

Dessa vez, o acaso havia favorecido o inspetor-chefe Gorgeret. Ausente da Central de Polícia no momento em que chegou o telegrama do Grande Paul, ele tinha ido fazer sua ronda diária no Cais Voltaire, após ter sido informado de que a famosa loira às vezes ia para lá. E foi assim que ele pôde responder aos chamados da zeladora, através da janela do mezanino.

Gorgeret explodiu no mezanino de Raoul com a violência de uma bica de água. No entanto, ele parou, abruptamente. A visão do Grande Paul agonizante não o impressionava. Mas ele logo viu aquele diabo de poltrona, voltada para as duas janelas, usada por Raoul para pregar nele um de seus truques maliciosos.

– Parem! – ordenou ele aos dois homens que o acompanharam.

Lentamente, cautelosamente, com o revólver na mão, ele se aproximou da poltrona. Ao menor movimento do inimigo, ele iria atirar.

Os homens de Gorgeret o observavam, apalermados. Percebendo seu erro, ele disse, satisfeito consigo mesmo e orgulhoso de seus procedimentos:

— É justamente quando não tomamos precauções que as coisas acontecem.

E, aliviado dessa preocupação rude, ele foi se ocupar do moribundo e o examinou:

— O coração ainda está batendo... Mas não vai muito longe... Um médico, rápido... Há um na casa vizinha.

Por telefone, ele informou à Central, no Cais dos Ourives[1], sobre o assassinato e a agonia do Grande Paul, e pediu instruções, acrescentando que seria difícil transportar o homem ferido. Em todo caso, precisava de ambulância. Ele também mandou chamar o comissário de polícia e começou a interrogar a zeladora. Foi então que as respostas da mulher e as descrições que ela forneceu o convenceram de que Clara Loura e seu amante Raoul eram os autores do assassinato.

Isso o deixou em uma agitação extraordinária. Quando o médico chegou, ele falava em uma confusão de frases:

— Tarde demais... Ele já está morto... Mesmo assim, tente... O Grande Paul vivo seria, para a justiça, para mim... De uma importância capital... Para o senhor também, doutor.

Mas ocorreu outro evento, que levou o seu ânimo às alturas. Seu agente principal, Flamant, veio correndo, ofegante:

— Clara! Eu a peguei!...

— O que é isso? O que você está dizendo?

— Clara Loura! Eu a peguei.

— Deus do céu!

— Eu a peguei no cais, à espreita.

— Onde ela está?

— Trancada no quarto da zeladora.

Gorgeret degringolou pelas escadas, agarrou a jovem mulher e voltou subindo os degraus de dois em dois, arrastando-a, sacudindo-a e

---

[1] Em francês, *Quai des Orfèvres* (N.T.)

empurrando-a brutalmente diante do sofá onde o Grande Paul estava expirando.

– Aqui está, moça, aqui está seu trabalho sujo!

A jovem mulher recuou, horrorizada. Ele a obrigou a se ajoelhar, e ordenou:

– Revistem! A faca deve estar com ela... Ah, desta vez eu a peguei, minha querida, e seu cúmplice também, não é? O belo Raoul... Ah! Vocês acham que podem sair matando assim, e que a polícia foi feita para os cães?

A faca não foi encontrada, o que o irritou ainda mais. A infeliz mulher, aterrorizada, debatia-se contra ele. No final, ela teve um ataque de nervos e desmaiou. Gorgeret, que sempre agia sob o impulso do ressentimento e da raiva, estava implacável. Ele a tomou em seus braços e disse:

– Fique aqui, Flamant. A ambulância deve estar aí... Vou mandá-la de volta para buscá-lo, em dez minutos... Ah! Aqui está o senhor, Comissário! – disse ele a um recém-chegado. – Sou o inspetor Gorgeret... Meu colaborador vai informá-lo. É uma questão de apanhar o senhor Raoul, o cúmplice e mandante do crime. Esta que estou levando é a assassina.

O carro da ambulância estava lá, de fato. Mais três detetives desembarcavam de um táxi; ele os enviou até Flamant. E, então, colocando Clara nas almofadas, levou-a para o departamento de investigação criminal. Clara, ainda inconsciente, foi colocada em um pequeno quarto, mobiliado com duas cadeiras e uma cama de ferro.

No final do dia, Gorgeret perdeu duas horas esperando pelo momento de fazer Clara passar por um interrogatório, o que ele aguardava com expectativa. Depois de um jantar sumário, ele queria começar logo. A enfermeira que tinha sido colocada em guarda não lhe dava permissão, pois a jovem mulher não estava em condições de responder.

Ele voltou para o Cais Voltaire e não descobriu mais nada. Jean de Erlemont, cujo paradeiro era desconhecido, deveria chegar no dia seguinte, pela manhã.

Finalmente, às nove horas da noite, ele conseguiu aproximar-se da cama onde Clara estava deitada. Suas esperanças foram frustradas. Ela se recusou a falar. Ele a questionou, insistiu, relatou o drama como deve ter acontecido, amontoou acusações, colocou Raoul na cena do crime, alegou que eles estavam prestes a prendê-lo. Mas nada conseguia demovê-la de seu silêncio. Ela nem chorou. Mantinha o rosto fechado, sem expressar nenhuma emoção.

E na manhã seguinte, e durante toda a tarde, foi a mesma coisa. Ela não disse uma palavra. O Ministério Público nomeou um juiz de instrução, que adiou seu primeiro interrogatório para o dia seguinte. Advertida desse atraso, ela respondeu a Gorgeret – e essa foi sua primeira resposta – que era inocente, que não conhecia o Grande Paul, que não sabia nada sobre este caso e que seria solta antes de comparecer perante o juiz.

Isso queria dizer que ela contava com a ajuda de Raoul? Gorgeret sentiu uma grande ansiedade e dobrou a vigilância. Dois agentes ficariam de guarda, enquanto ele mesmo iria jantar em sua casa. Às dez horas ele estaria de volta e faria uma última tentativa de pressão. E Clara, exausta como estava, não teria forças para resistir.

Em um antigo edifício no subúrbio de Saint-Antoine, o inspetor-chefe Gorgeret ocupava três cômodos bem arranjados, onde se podia sentir a mão de uma mulher de bom gosto. Gorgeret, de fato, era casado havia dez anos.

Um casamento por amor, que poderia ter terminado mal (pois Gorgeret tinha um temperamento insuportável) se a senhora Gorgeret, uma ruiva apetitosa e graciosa, não tivesse autoridade absoluta sobre seu marido. Era uma excelente dona de casa, mas frívola, conquistadora de homens, amante do prazer e indiferente à opinião dos outros. Dizia-se, para a honra do senhor Gorgeret, que ela frequentava todos os bailes dançantes de seu bairro, sem que seu marido ousasse a menor sombra de censura sobre o assunto. Quanto ao resto, ele podia gritar o quanto quisesse: ela sabia como responder.

Naquela noite, quando ele voltou correndo para o jantar, a esposa não estava em casa. Era uma ocorrência "rara", que a cada vez provocava amargas discussões. Gorgeret não admitia inexatidões.

Furioso, mastigando com antecedência a cena que faria e as reprovações com as quais ele a acusaria, o inspetor se plantou diante da porta aberta.

O relógio deu nove horas, e nada. O inspetor, que estava vestindo-se, questionou a jovem empregada e soube que a madame havia vestido sua "roupa de dançar".

– Então, ela está no salão de dança?

– Sim. Rua Saint-Antoine.

Cego de ciúmes, ele esperou. Era inadmissível que a senhora Gorgeret ainda não tivesse voltado, pois não havia mais rodas de dança após o final da tarde.

Às nove e meia, superexcitado pela perspectiva do interrogatório, ele tomou a súbita resolução de ir para o salão da Rua Saint-Antoine. Não havia ninguém dançando quando ele chegou. As mesas estavam ocupadas por pessoas que bebiam. O gerente, questionado por ele, lembrou-se muito bem de ter visto a bela senhora Gorgeret na companhia de vários homens, e até se ofereceu para lhe mostrar a mesa onde, por fim, antes de sua partida, ela havia bebido um coquetel.

– Veja... Justamente com aquele cavalheiro ali.

Gorgeret voltou seu olhar na direção indicada, e quase desmaiou. As costas daquele homem, o seu porte... Ele o conhecia. Não havia dúvidas de que ele o conhecia.

Ele estava prestes a ir buscar alguns agentes. Era a única solução para uma tal bravata, e a única que sua consciência conseguia ditar. Mas uma coisa lembrou-lhe do senso do dever, e reteve o impulso de exercer a força que um bom policial como Gorgeret deve usar contra criminosos e assassinos: uma vontade irresistível de saber o que tinha acontecido à senhora Gorgeret. E resolutamente, com raiva, mas com cara de cachorro chicoteado, ele veio e tomou seu lugar ao lado do indivíduo.

Ele esperou, usando toda sua energia para não agarrá-lo pela garganta ou atirar-lhe insultos. No final, como Raoul não vacilou, Gorgeret rosnou:

– Bastardo!

– Canalha! – respondeu Raoul.

– Bastardo de um bastardo! – continuou Gorgeret.

– Canalha de um canalha! – Raoul retorquiu.

Houve um longo silêncio, interrompido pelo garçom, que oferecia bebidas.

– Dois cafés com creme – pediu Raoul.

Os dois cafés foram servidos aos distintos cavalheiros. Raoul bateu gentilmente sua xícara contra a de seu vizinho, depois bebeu em pequenos goles.

Gorgeret, apesar de todo seu esforço, pensava apenas em pular no pescoço de Raoul, ou enfiar o cano de seu revólver debaixo do nariz dele – atos que faziam parte de sua profissão, aos quais ele não era de forma alguma proibido, e que, no entanto, eram materialmente impossíveis dele realizar.

Na presença do odioso Raoul, ele se sentia paralisado. Lembrava-se de seus encontros nas ruínas do castelo, no salão da Estação de Lyon, nas coxias do Cassino Azul, e tudo isso o afundava em uma espécie de aniquilação, sem alternativas para reagir, como se estivesse usando uma camisa de força.

Raoul disse a ele, em um tom de confiança amigável:

– Ela jantou muito bem... Frutas, especialmente... Ela adora frutas.

– Quem? – perguntou Gorgeret, convencido de que era Clara.

– Quem? Eu não sei o nome dela.

– O nome de quem?

– Da senhora Gorgeret.

Gorgeret parecia estar preso em uma vertigem, e murmurava em uma voz ofegante:

– Então foi você, seu crápula? Foi você quem cometeu esta infâmia... Você sequestrou a Zozotte!

– Zozotte?... Que nome delicioso! O apelido que você dá a ela em particular, hein? Zozotte... Cai nela como uma luva... Ah! As belas visões que este nome evoca! A Zozotte do Gorgeret! Zozotte Gorgeret! Ela é mesmo uma perfeita, a Zozotte!

– Onde ela está? – balbuciou Gorgeret, os olhos arregalados. – Como conseguiu sequestrá-la, seu bastardo?

– Eu não a sequestrei – respondeu Raoul, calmamente. – Ofereci-lhe um coquetel, depois um segundo, depois dançamos um tango voluptuoso. Um pouco tonta, ela concordou em dar uma volta no Bosque de Vincennes, no meu carro... Depois fomos tomar um terceiro coquetel no pequeno apartamento de um amigo meu, um lugar respeitável, a salvo de indiscrições...

Gorgeret estava possesso:

– E aí?... E aí, o que aconteceu?

– O que é isso? Nadinha. O que diabos você acha que aconteceu? Zozotte é sagrada para mim. Tocar a esposa do meu velho Gorgeret? Seduzir a Zozotte Gorgeret? Olhar para ela com luxúria? Nunca!

Mais uma vez, Gorgeret percebeu as situações formidáveis em que seu inimigo o colocava. Prendê-lo e entregá-lo à justiça seria, para Gorgeret, afundar-se no ridículo. E nada garantia que, após a prisão de Raoul, conseguiriam encontrar Zozotte! Chegando mais perto, com o rosto voltado para o ser desprezível, Gorgeret disse:

– Onde você quer chegar? Porque você tem um propósito.

– Mas é claro!

– O que é?

– Quando você vai ver de novo a Clara Loura?

– Daqui a pouco.

– Para interrogá-la novamente?

– Sim.

– Desista.

– Por quê?

– Porque eu sei como funcionam esses abomináveis interrogatórios policiais. É uma barbárie, é um resquício das torturas do passado. Somente o juiz tem o direito de interrogá-la. E você, deixe a menina em paz.

– É só isso que você quer?

– Não.

– O que mais?

– Os jornais dizem que o Grande Paul está se recuperando. Isso é verdade?

– Sim.

– Você acha que ele vai sobreviver?

– Sim.

– A Clara sabe?

– Não.

– Ela acha que ele está morto?

– Sim.

– Por que você está escondendo a verdade dela?

O olhar de Gorgeret tornou-se maligno.

– Porque é obviamente com isso que vou fazê-la sofrer, e tenho certeza de que conseguirei fazê-la falar, desde que ela acredite nessa morte.

– Seu canalha! – Raoul sussurrou. E ordenou imediatamente:

– Volte para Clara, mas não a questione. Basta dizer-lhe isto: "O Grande Paul não está morto. Ele sobreviveu". Nem mais uma palavra.

– E depois?

– Depois? Você se encontra comigo aqui, e jura pela vida da sua esposa que você falou isso. Uma hora depois, Zozotte volta para o seu doce lar conjugal.

– E se eu recusar?

Sílaba por sílaba, Raoul deixou cair esta pequena frase:

– Se você recusar, eu fico com a Zozotte.

Gorgeret entendeu, e cerrou os punhos com fúria. Tendo pensado bem, ele disse seriamente:

– É difícil o que você me pede. Meu dever é não deixar pedra sobre pedra para chegar até a verdade, e se eu poupar Clara, isso é uma traição.

– A escolha é sua. Clara... ou Zozotte.

– O problema não é esse...

– Para mim, é.

– Mas...

– É pegar ou largar.

Gorgeret insistiu:

– E por que exige que eu fale isso pra ela?

Raoul respondeu, traindo suas emoções:

– Tenho medo que ela entre em desespero! Nunca se sabe! Para ela, a ideia de ter matado...

– Então você realmente a ama?

– Por Deus! E como...

Ele parou. Um brilho passou pelos olhos de Gorgeret, e ele concluiu:

– Tudo bem. Fique aqui. Em vinte minutos estarei de volta, informarei a vocês, e você...

– E eu liberto a Zozotte.

– Você jura para mim?

– Eu juro.

Gorgeret se levantou e chamou:

– Garçom, quanto são os dois cafés com creme?

Ele pagou a conta e afastou-se apressadamente.

ANGÚSTIA

O dia inteiro que se passou, desde o momento em que Raoul soube da prisão de Clara Loura e o momento em que Gorgeret o encontrou no salão de dança, no distrito de Saint-Antoine, foi para ele uma sequência de horas infinitamente dolorosas.

Agir... Era necessário agir, sem demora. Mas de que forma? Ele não esmoreceu, exceto para se entregar a ataques de depressão muito contrários à sua natureza, provocados por aquele temor de suicídio que o havia obscurecido desde o primeiro momento.

Temendo que os cúmplices do Grande Paul, e especialmente o motorista gordo, denunciassem sua casa em Auteuil à polícia, ele estabeleceu sua sede na casa de um amigo que morava na Ilha de Saint-Louis e que sempre mantinha metade de seu apartamento à sua disposição. Ali Raoul estava perto da Central de Polícia, onde ele necessariamente tinha seus amigos e cúmplices. Foi assim que ele soube da presença de Clara nas dependências da polícia judiciária.

Mas o que ele poderia fazer? Resgatá-la? Essa missão, quase impossível, exigia em todo caso uma longa preparação. Mas eis que, por volta do meio-dia, Courville, que tinha a missão de comprar e folhear os jornais – e que zelo ele continuava a demonstrar, mesmo tendo sido recriminado por Raoul pela sua distração, e por ter levado o inimigo ao esconderijo de Auteuil! –, Courville trouxe *La Feuille du Jour* que dava, na última hora, esta notícia:

> *Ao contrário do que foi anunciado nesta manhã, o Grande Paul ainda está vivo! Embora ainda não esteja fora de perigo, temos todos os motivos para supor que, graças à sua surpreendente constituição, ele possa sobreviver à terrível ferida de faca que recebeu ontem.*

Imediatamente, Raoul gritou:
– Mas é isso que Clara deveria ficar sabendo! Antes de mais nada, é preciso tranquilizá-la. Com certeza, isso deve estar sendo para ela a pior catástrofe, e a causa de seu desequilíbrio. Precisamos fazer chegar até ela as notícias mais favoráveis.

Às três horas da tarde, Raoul teve um encontro clandestino com um funcionário da polícia judiciária que ele conhecia havia muito tempo, e que lhe devia alguns favores. Este último consentiu em transmitir uma nota por intermédio de outro funcionário, que tinha permissão de se aproximar da prisioneira.

Por outro lado, ele obteve algumas informações sobre o Gorgeret e sua casa.

Às seis horas, não tendo notícias de seu emissário na polícia judiciária, entrou no salão de dança do distrito de Saint-Antoine e identificou imediatamente, pela descrição que lhe fora dada, a atraente senhora Gorgeret, a quem começou a cortejar – sem se identificar, é claro.

Uma hora mais tarde, tendo sido correspondido, ele aprisionou Zozotte na casa de seu amigo na Ilha de Saint-Louis. E às nove e meia,

Gorgeret, atraído para a armadilha, juntou-se a ele no salão de dança em Saint-Antoine.

Portanto, naquele momento, tudo parecia estar indo bem para Raoul. E, ainda assim, ele retinha uma impressão dolorosa dessa entrevista com Gorgeret. Sua vitória estaria garantida, afinal de contas, por um desfecho que estava fora de seu controle. Ele teve Gorgeret na palma da mão, mas o deixou ir, confiando nele, e sem garantias de que o inspetor faria o combinado. Afinal de contas, como ele poderia ter certeza de que Clara seria avisada? Apenas pela palavra de Gorgeret? Mas e se Gorgeret tomasse isso como extorsão, e insistisse que o ato proposto a ele era contrário ao seu dever profissional?

Raoul discernia muito bem os motivos que haviam obrigado Gorgeret a se sentar ao seu lado e a se prestar às discussões humilhantes de uma pechincha. Mas, como ter certeza de que, uma vez fora, o inspetor não se recomporia e obedeceria a considerações bem diferentes? O dever de um policial é prender o culpado. Se Gorgeret não tinha conseguido na ocasião, não poderia conseguir no espaço de vinte minutos?

"Mas é óbvio", pensou Raoul, "ele está em busca de reforços. Ah, seu malandro, você vai ter uma noite ruim!"

– Garçom, me traga um pedaço de papel para escrever.

Sem mais hesitações, ele escreveu no papel que lhe foi trazido: *"Está decidido, vou ficar com a Zozotte"*. No envelope: *Inspetor Gorgeret*.

Ele entregou o envelope ao dono do bar. Depois ele foi para seu carro, estacionou a cem metros de distância e ficou observando a entrada do salão de dança.

Raoul não se enganou. Na hora marcada Gorgeret apareceu, posicionou seus homens para invadirem o salão de dança e entrou, escoltado por Flamant.

– Voltamos à estaca zero – admitiu Raoul, quando partiu. – A única vantagem é que, a esta hora da noite, ele não pode mais atormentar a Clara.

Ele fez um desvio para a Ilha de Saint-Louis, onde soube que Zozotte, após ter feito um escândalo e gritado por muito tempo, se resignara ao silêncio e tinha ido dormir.

Da Central, nenhuma notícia sobre as tentativas de comunicação com Clara.

– De qualquer maneira – disse ele a seu amigo – vamos segurar a Zozotte até amanhã, ao meio-dia, nem que seja para irritar o Gorgeret. Eu virei buscá-la, e fecharemos as cortinas do carro, para que ela não possa ver onde está. Durante a noite, se você tiver alguma novidade, ligue-me para Auteuil. Estou voltando para lá, preciso pensar.

Com todos os seus cúmplices em campo, e estando Courville e os outros criados dormindo na garagem, não havia ninguém em casa. Raoul instalou-se em uma poltrona em seu quarto e dormiu por uma hora, o que foi suficiente para descansar e restaurar a lucidez de seu cérebro.

Um pesadelo o despertou: novamente, ele via Clara caminhando ao longo do Sena e inclinando-se sobre suas águas sedutoras.

Ele bateu os pés, levantando-se e andando pelo quarto, de um lado para o outro.

– Chega! Chega! Não é hora de fraquejar, mas de ver claramente. Vejamos... Onde estamos? Com Gorgeret, obviamente, foi um fracasso. Fui ansioso demais, e o golpe não foi bem planejado. Sempre fazemos coisas estúpidas quando amamos demais e cedemos à nossa paixão... Não vou pensar mais nisso. Calma. Vamos pensar em um novo plano.

Mas as palavras e frases não o acalmavam, por mais lógicas e reconfortantes que fossem. Droga! Ele sabia que teria que planejar a libertação de Clara, e que um dia sua amada estaria novamente ao seu lado, sem ter sido condenada por seu gesto imprudente. Mas o que importava o futuro? Era a ameaça do presente que devia ser eliminada.

Esta ameaça pairou sobre cada minuto daquela noite horrível, que só terminaria no exato momento em que o juiz tomasse o caso em mãos.

Para Clara, esse momento seria a salvação, pois ela saberia que o Grande Paul estava vivo. Mas, até lá, ela teria forças para isso?

E a obsessão implacável o atormentava. Todos os seus esforços não tiveram outro objetivo senão preveni-la, seja por meio do funcionário, seja por meio de Gorgeret. Tendo falhado, ele já previa um delírio, onde Clara perderia a razão e bateria a cabeça contra uma parede. Clara suportaria tudo: a prisão, o julgamento, a condenação... Tudo, menos a ideia de que um homem tinha morrido pelas mãos dela.

Ele se lembrava de sua reação assustada diante do homem que cambaleava e desabava: "Eu o matei! Eu o matei!... Você não vai mais me amar".

E ele dizia a si mesmo que a fuga da mulher infeliz não tinha sido mais do que a fuga para a morte e o desejo desesperado de aniquilação. A captura e a prisão não foram uma resposta ao próprio fato de ela ter cometido um crime, e de ter sido um desses seres amaldiçoados que matam?

A ideia torturava Raoul. Com o passar da noite, ele afundou na intolerável certeza de que ela iria se matar, ou até mesmo já teria se matado. Ele imaginava os modos mais imprevistos e atrozes de suicídio, e a cada vez, depois de ter visualizado o drama, depois de ter ouvido todos os prantos e gritos, ele começava novamente a infligir a si mesmo, de outra maneira, o mesmo tormento de imaginar, de ver e ouvir.

Mais tarde, ao descobrir toda a verdade sobre o assunto e a chave para o enigma, Raoul ficaria surpreso com sua própria falta de perspicácia em relação a tudo isso. Não poderia deixar de pensar que ele, com seus sentidos apurados e seu grande conhecimento da natureza humana, deveria ter percebido todos os fatos desde o início. Há momentos em que os problemas apresentam-se tão claramente que não se pode deixar de ver a solução óbvia, a luz que os ilumina por todos os lados.

Mas, enquanto se aproximava esse momento de revelação, ele parecia estar nas profundezas da escuridão. O sofrimento embotava todas as perspectivas e o mantinha em um presente onde não havia o menor vislumbre de esperança. Ele, sempre acostumado a agir por conta própria e dar a volta por cima quando chegava ao fundo do abismo, parecia regozijar-se com a agonia das intermináveis horas daquela noite terrível.

Duas horas... Duas horas e meia...

Raoul observava, através da janela aberta, os primeiros raios do amanhecer que brilhavam acima das árvores. Ele dizia a si mesmo puerilmente que, se Clara ainda não tivesse morrido, ela não teria coragem para se matar em plena luz do dia. O suicídio é um ato de escuridão e silêncio.

Soaram as três horas no relógio de uma igreja próxima.

Ele olhou para seu relógio, e ficou seguindo a marcha do tempo.

Três e cinco... Três e dez... E, de repente, ele teve um sobressalto.

A campainha tocava, no portão da avenida. Um amigo? Alguém lhe trazendo notícias?

Em tempos normais, a essa hora da noite, ele teria perguntado antes de pressionar o botão para abrir. No entanto, ele o abriu diretamente de seu quarto.

Na escuridão, ele não conseguia perceber quem entrava, quem atravessava o jardim. Alguém subia as escadas, com passos lentos que ele mal podia ouvir.

Tomado pela angústia, ele não se atreveu a caminhar até o vestíbulo e apressar-se em direção ao visitante desconhecido, que poderia estar lhe trazendo as piores notícias.

A porta foi aberta por uma mão que mal tinha forças. Clara!

OS DOIS SORRISOS SE EXPLICAM

A vida de Raoul – ou seja, a vida de Arsène Lupin – é certamente uma daquelas em que se acumulam as maiores surpresas, incidentes dramáticos ou cômicos, baques inexplicáveis e eventos teatrais contrários a toda realidade e lógica. Mas talvez – e isso Arsène Lupin admitiu mais tarde – o aparecimento inesperado de Clara, a Loura, tenha sido o maior espanto de sua vida.

Essa aparição de Clara, lívida, exausta de cansaço, trágica, com os olhos brilhando de febre, o vestido sujo e amarrotado, o colarinho rasgado, era um evento extraordinário. Que ela estava viva, tudo bem; mas livre, não, mil vezes não! A polícia não libera seus prisioneiros sem razão, especialmente quando têm na mãos um indivíduo culpado, preso em flagrante delito, por assim dizer. Por outro lado, não havia precedentes de uma mulher que fugisse da Central de Polícia, principalmente uma mulher vigiada por Gorgeret. Então, o que houve?

Ambos se olhavam sem pronunciar uma palavra; ele, confuso e distraído, todo o seu cérebro girando em busca de uma verdade inacessível;

ela, miserável, envergonhada, humilhada, olhando como se estivesse dizendo: "Você ainda me quer? Você aceita uma assassina?... Devo me jogar em seus braços... Ou fugir?"

No final, tremendo de ansiedade, ela sussurrou:

– Eu não tive coragem de me matar... Eu queria... Muitas vezes inclinei-me sobre a água... Eu não tive coragem...

Ele olhou para ela, distraído, sem se mexer, quase sem ouvi-la, e pensava, pensava... O problema estava diante dele em todo seu rigor, em toda sua nudez: Clara estava na frente dele, mas Clara também estava presa em uma cela. Além desses dois termos irreconciliáveis, não havia nada, absolutamente nada. Raoul estava preso nesse círculo, e não conseguia sair.

Um homem como Arsène Lupin não permanece confuso por muito tempo diante da verdade. Se até agora ela estava oculta, precisamente por causa de sua extrema simplicidade, agora era a hora de revelá-la de uma vez por todas.

O amanhecer iluminava o céu acima das árvores, e se misturava à luz elétrica do quarto. O rosto de Clara iluminou-se. Ela disse novamente:

– Eu não tive coragem de morrer... Eu deveria ter, não é? Você teria me perdoado... Eu não tive coragem...

Durante muito tempo ele contemplou essa visão de angústia e agonia e, enquanto a observava, sua expressão tornou-se menos distraída e mais serena, quase sorrindo, por fim. E de repente, sem nenhum aviso, ele irrompeu em gargalhadas. E não foi uma risada curta, nem uma risada contida, influenciada pela situação patética do momento presente; mas uma daquelas risadas que nos dobram ao meio, e que parecem que não vão acabar nunca.

E essa inoportuna alegria foi acompanhada por uma pequena dança, que era marca registrada de seu caráter espontâneo e zombeteiro. Toda essa demonstração de alegria significava: "Estou rindo, porque não há como não rir quando o destino nos coloca em uma situação como esta".

Clara, em seu transe de condenada à morte, parecia tão atordoada com o absurdo dessa explosão, que ele se apressou, tomou-a pelos braços, rodopiou-a como uma boneca, beijou-a apaixonadamente, apertou-a contra seu peito e, no final, colocou-a sobre a cama, dizendo:

– Agora chore, pequenina, e quando você tiver chorado bastante e admitido que não tem razão para se matar, nós conversaremos.

Mas ela ficou de pé e, pondo as mãos nos ombros dele, disse:

– Então, você me perdoa? Você me desculpa?

– Não tenho nada a lhe perdoar, e você não tem nada que pedir desculpas.

– Sim, eu tenho. Eu matei alguém.

– Você não matou ninguém.

– O que você está dizendo? – disse ela.

– Uma pessoa só mata se alguém tiver morrido.

– Houve uma morte.

– Não.

– Oh! Raoul, o que você está dizendo? Eu não matei o Valthex?

– Você esfaqueou o Valthex. Mas os safados dessa raça têm a casca dura. Você não leu os jornais?

– Não. Eu não queria... Tive medo de ver meu nome...

– Seu nome está escrito por toda a parte. Mas isso não significa que o Valthex esteja morto.

– Como é possível?

– Naquela mesma noite, meu amigo Gorgeret me disse que Valthex sobreviveu.

Ela se desprendeu de seu abraço, e só então se entregou ao pranto que ele havia previsto, onde todo o seu desespero se derramava. Ela tinha se deitado na cama e soluçava como uma criança, com prantos e gemidos.

Raoul a deixou chorando e permaneceu pensativo, desvendando pouco a pouco os fios emaranhados do enigma, que se iluminava completamente em seu cérebro. Mas quantos pontos ainda permaneciam obscuros!

Ele caminhou por um longo tempo. Mais uma vez, ele evocou a primeira visão da pequena provinciana que havia tomado o andar errado e entrado em sua casa. Quanto encanto em suas características infantis! Que franqueza na expressão e na forma daquela boca ligeiramente aberta! E quão longe ela estava, essa pequena provinciana, fresca e ingênua, daquela mulher que estava ali perto dele, lutando contra os golpes de um destino cruel! A imagem de uma e a imagem da outra, em vez de se fundirem em uma só, estavam agora dissociadas uma da outra. Os dois sorrisos separavam-se. Havia o sorriso da moça da província, e o sorriso de Clara, a Loura. Pobre Clara! Mais atraente, certamente, e mais desejável, mas tão alheia a qualquer ideia de pureza!

Raoul sentou-se na borda da cama e acariciou sua testa com ternura.

– Você está cansada? Você não se importa em me responder?

– Não.

– Uma pergunta, em primeiro lugar, que resume todas as outras. Você sabe o que eu acabei de descobrir, não sabe?

– Sim.

– Então, Clara, por que não me contou? Por que toda essa esperteza, todos esses desvios para me enganar?

– Porque eu te amava.

– Porque você me amava... – repetiu ele, como se não entendesse o significado dessa afirmação.

E, para amenizar sua dor, ele brincou:

– É tão complicado, minha pequena. Se alguém te ouvisse falar, diria que você é um pouco... Um pouco...

– Um pouco louca? – disse ela. – Você sabe muito bem que eu não sou, e que tudo que eu digo é verdade. Admita... Admita...

Ele encolheu os ombros e disse gentilmente:

– Fale, minha querida. Quando você tiver contado sua história, desde o início, verá como você foi injusta por não confiar mim. Todas as mazelas, todo o drama em que estamos envolvidos, vêm de seu silêncio.

Ela obedeceu, em voz baixa, depois de enxugar com o lençol as últimas lágrimas que teimavam em correr.

– Eu não vou mentir, mais Raoul. Não tentarei pintar minha infância de maneira diferente do que foi... A de uma menina que não era feliz. Minha mãe, que se chamava Armande Morin, minha mãe me amava muito... Mas infelizmente, a vida... O tipo de vida que ela levava... Não lhe permitia cuidar muito de mim. Vivíamos em um apartamento em Paris que estava sempre cheio de idas e vindas... Havia um senhor que comandava... Que vinha com muitos presentes... E provisões, e garrafas de champanhe... Um senhor que não era sempre o mesmo. E, entre esses senhores que se sucediam, alguns foram gentis comigo, outros antipáticos... E assim eu ficava no salão... Ou ficava na despensa com os criados... Nós mudamos de casa muitas vezes, para morar em casas cada vez menores, até que um dia fomos parar em um quarto.

Ela parou por um momento, e depois continuou, mais baixo:

– Minha pobre mamãe estava doente. Ela havia envelhecido de repente. Eu cuidava dela... Eu fazia as tarefas domésticas... Eu também estudava em casa, porque não podia mais ir à escola. Ela me via trabalhar, com tristeza. Um dia, quando ela estava delirante, ela me disse estas palavras, das quais não esqueço nem uma sequer: *"Você precisa saber tudo sobre seu nascimento, Clara, e o nome de seu pai... Eu estava em Paris, e era muito jovem, muito séria naquela época, e trabalhava durante o dia como costureira para uma família. Ali conheci um homem que se afeiçoou a mim, e que me seduziu. Eu era muito infeliz, porque ele tinha outras amantes... Esse homem me deixou, alguns meses antes de você nascer, e me enviou dinheiro por um ano ou dois... Até que ele partiu numa viagem... Eu nunca mais o procurei, e ele nunca mais ouviu falar de mim. Ele era um marquês... Muito rico... Eu lhe direi seu nome...".* Nesse mesmo dia, minha pobre mãe, em uma espécie de sonho, falou-me novamente sobre meu pai: *"Ele teve como amante, um pouco antes de mim, uma jovem que dava aulas na província, e eu soube por acaso que ele também a havia abandonado, antes de saber que ela estava grávida. Em uma viagem de Deauville até Lisieux, conheci, há alguns anos, uma menina de doze anos que se parecia exatamente com você, Clara. Eu me informei. Seu nome era Antonine, Antonine Gautier...".* Isso é tudo o que eu soube da mamãe sobre o meu passado. Ela morreu antes de me dizer o nome de meu pai. Eu tinha dezessete anos. Em seus papéis, encontrei apenas uma informação, uma fotografia de uma grande mesa Luís XVI com a indicação (na caligrafia dela) de uma gaveta secreta, e a maneira de abrir essa gaveta. Naquele momento, eu não prestei muita atenção a isso. Como lhe disse, eu tinha que trabalhar. E então comecei a dançar... E conheci o Valthex há dezoito meses.

Clara fez uma pausa. Ela parecia exausta. Mas, ela quis continuar.

– Valthex, que não era muito expansivo, nunca mencionava seus assuntos pessoais. Um dia, quando eu o esperava no Cais Voltaire, ele me falou do marquês de Erlemont, com quem ele mantinha contato. Ele tinha acabado de sair da casa dele, e falava admirado sobre os móveis antigos, em particular uma bela escrivaninha Luís XVI. Um marquês... Uma mesa... Um pouco ao acaso, perguntei-lhe sobre essa mesa. Minhas suspeitas se tornaram mais claras, e realmente senti que era o móvel que eu estava procurando. Eu tinha uma fotografia do móvel, e esse poderia ser o homem que havia amado minha mãe. Tudo o que descobri sobre ele confirmou minhas suspeitas. Mas na realidade eu não tinha nenhum plano na época, e estava obedecendo a um sentimento de curiosidade, o desejo muito natural de saber. Um dia, Valthex disse-me, com um sorriso ambíguo: *"Aqui, veja esta chave... É a chave do apartamento do marquês de Erlemont... Ele a esqueceu na fechadura... Tenho que devolvê-la...".* Assim, sem que ele percebesse, escondi essa chave. Um mês depois, Valthex foi cercado pela polícia, eu fugi, e me escondi em Paris.

– Por que – disse Raoul – você não foi imediatamente procurar o marquês de Erlemont?

– Se eu tivesse certeza de que ele era meu pai, teria ido até ele em busca de ajuda. Mas, para ter certeza, eu tinha que entrar na casa dele, examinar a escrivaninha e procurar a gaveta secreta. Por muitas vezes rondei o cais. Eu conhecia seus hábitos, conhecia Courville de vista, e você mesmo, Raoul, e todos os criados, e eu estava com a chave no bolso. Mas não conseguia me decidir. Isso era tão contrário à minha natureza! E então, num final de tarde, fui atraída pelos próprios eventos, eventos que nos aproximariam um do outro, na noite seguinte....

Ela fez uma pausa por um momento. Sua história tocou a parte mais obscura do enigma.

– Eram quatro e meia da tarde. Em vigília no cais, na calçada oposta, disfarçada para não ser reconhecida, com os cabelos escondidos sob um véu, vi o Valthex saindo da casa do marquês. Eu me aproximava da casa, quando um táxi encostou. Vi descer uma mulher carregando uma mala, uma jovem talvez, loura como eu, com a minha aparência, a forma do meu rosto, a cor do meu cabelo, a minha expressão. Havia de fato uma semelhança, uma semelhança de família, que não podia deixar ser notada à primeira vista, e me lembrei imediatamente da viagem que minha mãe tinha feito, no caminho para Lisieux. Seria a mesma moça que ela viu naquele dia? E o fato de ela ter ido à casa do marquês de Erlemont, essa jovem que se parecia comigo como uma irmã, ou melhor, como uma meia-irmã, não me provava que o marquês de Erlemont também era meu pai? Naquela noite, sem muita hesitação, e sabendo que o senhor de Erlemont tinha saído e não ia voltar, subi as escadas; e, reconhecendo a escrivaninha Luís XVI, abri a gaveta secreta, e encontrei a fotografia da mamãe. Fiquei arrasada.

Raoul objetou:

– Que seja. Mas o que a levou a assumir o nome de Antonine?

– Você.

– Eu?

– Sim, cinco minutos depois, quando você me chamou de Antonine... E foi por você que eu soube que ela tinha te visitado. Você me confundiu com ela.

– Mas por que você não me alertou sobre o meu erro, Clara? Está tudo aí.

– Sim, está tudo aí – disse ela. – Mas pense. Eu arrombo a casa de alguém à noite. Você me surpreende. Não é natural que eu me aproveite do seu erro, e deixe que você atribua meu ato a outra mulher? Eu pensei que não voltaria a vê-lo.

– Mas você me viu novamente, e poderia ter falado. Por que você não me disse que eram duas, que havia uma Clara e uma Antonine?

Ela corou.

– Isso é verdade. Mas quando lhe vi novamente, ou seja, na noite do Cassino Azul, você salvou a minha vida, me salvou do Valthex e da polícia, e eu lhe amei....

– Isso não deveria impedi-la de falar.

– Sim, justamente.

– Mas, por quê?

– Tive ciúmes.

– Ciúmes?

– Sim, de imediato. Imediatamente senti que você tinha sido conquistado por ela, não por mim; e que, apesar de tudo que eu podia fazer, ainda era nela que você pensava, quando pensava em mim. A pequena provinciana, você disse... Era essa visão a que você estava apegado, e você a procurava em minha maneira de ser e em meu olhar. A mulher que eu sou, um pouco selvagem, ardente, de temperamento desequilibrado, apaixonada, não era aquela que você amava, a outra, a ingênua... E assim... Assim deixei que você confundisse as duas mulheres, aquela que você desejava e aquela que o tinha encantado desde o primeiro minuto. Lembra-se, Raoul, da noite em que você entrou no quarto de Antonine, no Castelo de Volnic? Você não ousou se aproximar da cama dela. Instintivamente, você respeitava a pequena provinciana. Enquanto, no dia seguinte, após a noitada no Cassino Azul, você logo me tomou em seus braços. E ainda assim, para você, Antonine e Clara eram a mesma mulher.

Ele não protestou. Ele respondeu, pensativo:

– Como é estranho, mesmo assim, que eu tenha confundido você!

– Estranho? Não... – disse ela. – Na verdade, você só viu Antonine uma vez, em seu mezanino, e naquela mesma noite você me viu, Clara, em circunstâncias muito diferentes. Depois disso, você só a viu novamente no Castelo de Volnic, onde não olhou diretamente para ela. Isso é tudo. Como você poderia distingui-la de mim, quando tudo o que você podia ver era eu? E tive que me esforçar muito! Eu lhe pedi que me contasse várias vezes sobre todas as circunstâncias de seus encontros, para que eu pudesse falar sobre elas como se eu estivesse lá, e tivesse dito tal e tal palavra, e soubesse tal e tal coisa... E eu costumava ter muito cuidado para me vestir como no dia da chegada dela em Paris.

Ele disse devagar:

– Sim... Não há nada de simples nisso.

E ele acrescentou após um minuto de reflexão, quando toda a aventura se desdobrava diante dele:

– Qualquer um poderia ter se enganado... E veja, naquele dia, o próprio Gorgeret, na estação, confundiu Antonine com Clara. E, anteontem mesmo, ele a prendeu, pensando que era você.

Clara vacilou.

– O que você está dizendo? Antonine está presa?

– Você não sabia? É verdade, desde anteontem você esteve sem saber de tudo o que está acontecendo. Bem, meia hora após nossa fuga, Antonine chegou ao cais, sem dúvida com a intenção de subir até o apartamento do marquês. Flamant a viu e a entregou à Gorgeret, que a levou à polícia judiciária, onde ele a tortura com perguntas. Pois, para Gorgeret, ela é a Clara.

Clara se levantou sobre a cama, de joelhos. As poucas cores que haviam voltado para suas bochechas desvaneceram-se. Pálida, tremendo, ela gaguejava:

– Presa? Presa, ao invés de mim? Ela está na cadeia, no meu lugar?

– E daí? – ele disse, alegremente. – Você vai ficar doente por causa dela?

Ela se levantou, ajeitou suas roupas e colocou seu chapéu de volta, com gestos febris.

– O que você está fazendo? – disse Raoul. – Aonde você vai?

– Eu vou para lá.

– Para lá?

– Sim, onde ela está. Não foi ela quem cometeu o crime, fui eu. Não é ela a Clara Loura, sou eu. Eu não vou deixá-la sofrer em meu lugar, ser julgada em meu lugar...

– ...e ser condenada em seu lugar? Ir para a guilhotina em seu lugar?

Raoul teve outro de seus ataques de alegria. Enquanto ria, ele a fez tirar seu chapéu e suas roupas, e disse:

– Você é tão engraçada! Então você acha que ela vai ficar lá? Veja só, fofinha, ela pode se defender, se explicar, dar um álibi, pedir ajuda ao marquês... Por mais estúpido que o Gorgeret seja, ele vai ter que abrir os olhos.

– Eu vou! – disse ela, obstinada.

– Bem, então vamos lá. Eu vou com você. E, afinal de contas, não falta elegância ao gesto. "Senhor Gorgeret, somos nós. Viemos ocupar o lugar da moça." E a resposta do Gorgeret, sabe qual vai ser? "Aquela moça, nós já liberamos. Houve um mal-entendido. Mas já que vocês estão aqui, podem entrar, queridos amigos."

Ela se deixou convencer. Ele a deitou novamente e a apertou contra ele. Sem forças, ela se entregou ao sono. No entanto, ela ainda disse, num último esforço de pensamento:

– Por que ela não se defendeu, e não explicou logo?... Deve haver alguma razão...

Ela adormeceu. Raoul também adormeceu. E ele pensou, uma vez acordado, quando os ruídos lá fora começavam a retornar:

"Sim, por que ela não se defende, essa Antonine? Teria sido tão fácil, para ela, trazer tudo à luz. Pois ela deve compreender agora que existe outra Antonine, outra mulher como ela, e que eu sou cúmplice e amante dessa outra mulher. No entanto, ela não parece ter protestado. Por quê?"

E pensou com carinho na pequena provinciana que era tão doce, tão comovente, e que não falava nada.

Às oito horas, Raoul telefonou para seu amigo na Ilha de Saint-Louis, que respondeu:

– O funcionário da polícia está aqui. Ele poderá falar com a prisioneira nesta manhã.

– Perfeito. Escreva uma nota, com a minha letra, dizendo o seguinte: *"Senhorita, obrigada por se manter em silêncio. Sem dúvida, Gorgeret lhe disse que eu estou preso, e que o Grande Paul está morto. Mentira. Tudo vai bem. Agora é melhor que a senhorita fale, e conquiste sua liberdade. Peço-lhe que não esqueça de nosso encontro, no dia 3 de julho. Meus mais sinceros respeitos."*

E Raoul acrescentou:

– Você entendeu?

– Sim, muito bem – disse o outro, desorientado.

– Dispense todos os camaradas. O assunto está resolvido, e eu vou viajar com a Clara. Leve Zozotte de volta para a casa dela. Até logo.

Ele desligou o telefone e chamou Courville.

– Preparem o carro grande, arrumem as malas, queimem todos os papéis. A coisa está esquentando. Assim que a pequena acordar, vamos todos embora daqui.

GORGERET PERDE A CABEÇA

A conversa entre o senhor e a senhora Gorgeret foi tempestuosa. Zozotte, encantada por encontrar uma oportunidade de dirigir os ciúmes de seu marido a um personagem um tanto imaginário e fabuloso, era cruel o suficiente para atribuir a esse personagem todas as qualidades de um cavalheiro refinado, cortês, delicado em seus procedimentos, cheio de sagacidade e sedução.

– É um Príncipe Encantado, ora vá! – guinchava o inspetor-chefe.

– Melhor do que isso! – disse ela, zombando.

– Mas repito que seu príncipe encantado é ninguém menos que o senhor Raoul, o assassino do Grande Paul, e o cúmplice de Clara, a Loura. Sim, você passou a noite com um assassino!

– Um assassino? É tão engraçado o que você está me dizendo agora! Estou chocada.

– Sem-vergonha!

– E eu tenho culpa? Ele me raptou!

– Somente aqueles que querem são sequestrados! Por que você entrou no carro dele? Por que você foi até a casa dele? Por que você bebeu coquetéis com ele?

Ela confessou:

– Eu realmente não sei. Ele tem um jeito de impor sua vontade... É impossível resistir a ele.

– Está vendo? Está vendo? Você não resistiu... E ainda admite.

– Ele não me forçou a nada.

– É mesmo? Ele se contentou em beijar a sua mão? Ah, eu juro por Deus, Clara vai pagar por ele. Vou sacudir todas as pulgas para fora dela, e não vai ser com gentileza.

Gorgeret estava exasperado de tal maneira, que andava gesticulando pela rua e falava em voz alta. Esse personagem diabólico o irritava. Ele estava convencido de que a honra de sua esposa havia sido seriamente prejudicada e que, de qualquer maneira, a aventura continuaria. A maior prova disso era o fato de Zozotte afirmar que não sabia onde tinha passado a noite. Como não reconhecer um itinerário seguido duas vezes?

Seu colega Flamant esperava por ele na polícia judiciária, e disse que o Ministério Público só conduziria o primeiro interrogatório mais tarde, e enquanto isso Gorgeret deveria levantar novas informações.

– Perfeito! – exclamou ele. – A ordem é categórica, não é? Vamos falar com a pequena, Flamant. Ela vai falar. Senão...

Mas o ardor combativo de Gorgeret foi subitamente apagado diante do espetáculo mais extraordinário e imprevisto: uma adversária absolutamente transformada, amável, sorridente, alegre, tão dócil, que ele se perguntava se desde a véspera ela não estaria interpretando uma completa comédia de fracasso e protesto. Ela estava sentada em uma cadeira, com o vestido bem arranjado, os cabelos bem penteados, e lhe dava as mais cordiais boas-vindas.

– Em que posso ajudá-lo, senhor Gorgeret?

O impulso furioso que havia trazido Gorgeret o teria obrigado a xingá-la e a ameaçá-la, caso ela não respondesse, mas a resposta da adversária o desconcertou.

– Senhor inspetor, estou inteiramente à sua disposição. Como dentro de algumas horas estarei livre, não quero incomodá-lo por muito tempo. Antes de mais nada...

Um pensamento horrível veio sobre o Gorgeret. Ele observou profundamente a jovem e disse com uma voz baixa e solene:

– Você se comunicou com Raoul!... Você sabe que ele não está preso!... Você sabe que o Grande Paul não está morto!... Raoul prometeu salvá-la!...

Ele estava arrasado, e implorava, por assim dizer, por uma explicação. Ela não se abalou. Ela disse alegremente:

– Talvez... Não é impossível... Esse homem é um prodígio!

Gorgeret retrucou, com raiva:

– Por mais prodígio que ele seja, isso não me impede de detê-la, Clara, e você está bem enrascada.

A menina não respondeu de imediato, mas olhou para ele com grande dignidade e disse suavemente:

– Senhor inspetor, peço-lhe que não me chame de "você", e que seja respeitoso comigo, enquanto eu estiver em seu poder. Há um mal-entendido entre nós, que não deve ser mais prolongado. Não sou eu quem o senhor chama de Clara. Meu nome é Antonine.

– Antonine ou Clara, pra mim é a mesma coisa.

– Para você sim, inspetor, mas não na realidade.

– Então Clara não existe?

– Sim, ela existe, mas não sou eu.

Gorgeret não entendeu a distinção. Ele desatou a rir.

– Então, essa é a sua nova estratégia de defesa! Não adianta, minha pobre senhorita. Pois, no final de contas, vamos nos entender. Foi a senhorita, sim ou não, que eu segui desde a Estação Saint-Lazare até o Cais Voltaire?

– Sim.

– Foi a senhorita que eu vi perto do mezanino do senhor Raoul?

– Sim.

– Foi a senhorita que eu surpreendi nas ruínas de Volnic?

– Sim.

– E então, em nome de Deus... É a senhorita que está na minha frente neste momento?

– Sim, sou eu.

– E então?

– Portanto, não é Clara, porque eu não sou a Clara.

Gorgeret teve o gesto desesperado de um ator dramático que agarra sua cabeça com as duas mãos, e gritou:

– Não entendo! Não entendo!

Antonine sorriu:

– Senhor inspetor, se o senhor não entende, é porque não quer enxergar o problema como ele é. Desde que fui trazida para cá, pensei muito e compreendi. E é por isso que me mantive calada.

– Com que intenção?

– A fim de não perturbar a ação daquele que me salvou de sua inexplicável perseguição, por duas vezes no primeiro dia, e uma terceira vez em Volnic.

– E uma quarta vez no Cassino Azul, hein, querida?

– Ah! – ela riu – Isso é assunto da Clara, assim como o esfaqueamento do Grande Paul.

Um brilho passou pelos olhos de Gorgeret. Um vislumbre fugaz. Ele ainda não estava maduro para a verdade, que a moça, por malícia, não expunha com muita clareza.

Ela disse, de forma mais grave:

– Vamos concluir, senhor inspetor. Desde minha chegada em Paris, eu vivo no hotel-pensão Dois Pombinhos, no final da Avenida de Clichy. Na hora em que o Grande Paul foi esfaqueado, ou seja, exatamente às seis horas da noite, eu estava conversando com a dona do hotel antes de ir pegar o metrô. Invoco expressamente o testemunho desta senhora, e também o testemunho do marquês de Erlemont.

– Ele não está aqui.

– Ele está voltando para casa hoje. Eu ia dizer isso aos seus criados, quando vocês me prenderam, meia hora após o crime.

Gorgeret sentiu um certo embaraço. Sem dizer mais uma palavra, ele foi ao escritório do diretor da polícia judiciária, a quem informou sobre a situação.

– Gorgeret, ligue para o Hotel Dois Pombinhos.

Ele obedeceu. Ele e o diretor pegaram receptores para ouvir a ligação, e Gorgeret pediu:

– Alô! É do Hotel Dois Pombinhos? Aqui é da polícia. Gostaria de saber, madame, se a senhora tem entre seus hóspedes uma Srta. Antonine Gautier.

– Sim, senhor.

– Quando ela chegou?

– Um segundo. Vou olhar no registro... Ela chegou na sexta-feira, dia 4 de junho.

Gorgeret disse a seu chefe:

– É a mesma data.

Ele continuou:

– Ela se ausentou?...

– Por cinco dias. E retornou no dia 10 de junho.

Gorgeret murmurou:

– A data do Cassino Azul! E na noite de seu retorno, madame, ela saiu?

– Não, senhor. A senhorita Antonine não saiu uma noite sequer, desde que chegou aqui. Às vezes, antes do jantar... O resto do tempo ela fica costurando, no meu escritório.

– Neste momento, ela está aí no hotel?

– Não, senhor. Anteontem, ela saiu às seis e quinze para pegar o metrô. Ela não voltou para casa, e não me deu mais notícias, o que me preocupa muito.

Gorgeret desligou o telefone. Ele ficou bastante desconsolado. Depois de um silêncio, o diretor lhe disse:

– Temo que você tenha se precipitado, Gorgeret. Corra até o hotel, e investigue o quarto. E eu vou convocar o marquês de Erlemont.

A busca de Gorgeret não levou a nenhuma descoberta. O enxoval muito modesto da jovem era todo marcado com as iniciais "A. G.". Uma cópia de sua certidão de nascimento levava o nome de Antonine Gautier, pai desconhecido, nascida em Lisieux.

– Santo Deus... Santo Deus... – o inspetor resmungava.

Gorgeret passou três horas cruéis. Indo almoçar com Flamant, ele não conseguia engolir a refeição. Ele não era capaz de expressar uma opinião razoável. Flamant tentava consolá-lo.

– Vamos lá, meu velho, você continua resmungando. Se não foi a Clara, não seja teimoso!

– Então você acha, seu idiota triplo, que ela não deu a facada?

– Sim, foi ela.

– E era ela quem estava dançando no Cassino Azul?

– Era ela.

– Então, como você explica, *primo*, que ela não tenha dormido fora na noite do Cassino Azul; *secundo*, que ela estava no Hotel Dois Pombinhos enquanto o Grande Paul estava sendo esfaqueado?

– Eu não estou explicando. Estou apenas constatando.

– Constatando o quê?

– Que não tem explicação.

Gorgeret e Flamant não pensaram, em nenhum momento, na hipótese de que Antonine e Clara pudessem ser pessoas diferentes.

Às duas e meia da tarde, o marquês de Erlemont apresentou-se e foi recebido no escritório do diretor, que estava conversando com Gorgeret.

Ao retornar do Tirol suíço, na noite anterior, Jean de Erlemont soube pelos jornais franceses do drama ocorrido em seu prédio, da acusação feita pela polícia contra seu inquilino, senhor Raoul, e da prisão de uma tal Clara.

Ele acrescentou:

– Pensei que seria recebido na estação por uma jovem, senhorita Antonine Gautier, que contratei como secretária há algumas semanas, e que tinha sido avisada da hora exata da minha chegada. Pelo que meus criados disseram, entendi que ela está envolvida no caso.

O diretor respondeu:

– Esta pessoa está, de fato, à disposição da justiça.

– Ela está presa?

– Não, simplesmente à disposição da justiça.

– Mas, por quê?

– Segundo o inspetor-chefe Gorgeret, responsável pelo caso do Grande Paul, Antonine Gautier é ninguém mais, ninguém menos que Clara, a Loura.

O marquês ficou atordoado.

– Oh! – ele gritou, indignado. – Antonine seria a Clara Loura? Mas isso é uma loucura! Que piada sinistra é essa? Exijo que Antonine Gautier seja libertada imediatamente, com todas as desculpas que lhe devem pelo erro do qual ela foi vítima, e pelo qual uma pessoa com a natureza dela deve ter sofrido infinitamente.

O diretor olhou para a Gorgeret. Este último não disse uma palavra. Sob o olhar desagradado de seu superior, ele se endireitou, aproximou-se do marquês e disse-lhe, negligentemente:

– Então, senhor, você não sabe nada sobre o drama em si?

– Nada.

– O senhor não conhece o Grande Paul?

Jean de Erlemont percebeu que Gorgeret ainda não havia descoberto a identidade do Grande Paul, e disse:

– Não.

– O senhor não conhece a Clara Loura?

– Eu conheço Antonine, e não conheço a Clara Loura.

– E Antonine não é Clara?

O marquês encolheu os ombros e não respondeu.

– Mais uma coisa, senhor marquês. Durante a pequena viagem que o senhor fez para Volnic com Antonine Gautier, o senhor não a deixou?

– Não.

– Portanto, quando eu encontrei Antonine Gautier no Castelo de Volnic, o senhor estava lá naquele dia?

Erlemont estava sendo acuado. Ele não podia mais voltar atrás.

– Eu estava lá.

– Pode me dizer o que o senhor estava fazendo lá?

O marquês ficou embaraçado por um momento. Ao final, ele respondeu:

– Eu estava lá como proprietário.

– O quê? – exclamou Gorgeret. – Como proprietário?

– Sim, naturalmente. Eu comprei o castelo, quinze anos atrás.

Gorgeret não podia acreditar.

– O senhor comprou o castelo... Mas ninguém sabia disso!... Por que essa aquisição? Por que esse silêncio?

Gorgeret implorava a seu chefe que o ouvissem separadamente e, empurrando-o em direção à janela, disse suavemente:

– Todas essas pessoas estão em conluio para nos confundir, chefe. Não era somente aquela loura bonita que estava no Castelo de Volnic. Raoul também estava lá.

– Raoul!

– Sim, eu peguei os dois juntos. O marquês de Erlemont, a menina loura e Raoul, todos cúmplices. Mas ainda tem mais.

– O quê?

– O marquês foi um dos espectadores do drama de Volnic, quando a cantora Elisabeth Hornain foi roubada e assassinada.

– Caramba! Isso só vai piorando.

Gorgeret se inclinou para frente.

– Tem mais, chefe. Descobri ontem o último local em que Grande Paul esteve escondido, um quarto de hotel, onde ele deixou sua mala. Mexendo em seus papéis, fiz duas descobertas da maior importância, e estava esperando para contar ao senhor. Primeiramente, o marquês era amante de Elisabeth Hornain, e ele não disse nada no inquérito. Por que não? Em segundo lugar, o verdadeiro nome do Grande Paul é Valthex. E esse Valthex era sobrinho de Elisabeth Hornain, e descobri que esse Valthex vinha frequentemente visitar o marquês de Erlemont. O que o senhor acha disso tudo?

O diretor parecia muito interessado nessas revelações. Ele disse a Gorgeret:

– O caso está evoluindo, e acho que devemos mudar nossas táticas. Seria imprudente acusar o marquês logo de cara. Por enquanto, vamos colocar essa Antonine fora da jogada, e fazer uma investigação completa de todo o caso, e do papel que o marquês pode ter desempenhado nele. O que acha, Gorgeret?

– Concordo totalmente, senhor. Só chegaremos a Raoul se começarmos a ceder terreno primeiro. E, além do mais...

– Além do mais...?

– Em breve, talvez eu tenha algo mais para dizer.

A liberação foi imediata. Gorgeret avisou Erlemont que iria vê-lo dentro de cinco ou seis dias, para solicitar mais algumas informações, e o levou até Antonine. Quando viu seu padrinho, ela se jogou em seus braços, rindo e chorando ao mesmo tempo.

– Cretina! – Gorgeret resmungava, entre dentes.

Assim, no decorrer daquele dia, Gorgeret foi recuperando a posse total de si mesmo. Enquanto os elementos da verdade se tornavam aparentes, e enquanto ele os relatava ao seu chefe, ele recuperava sua habitual capacidade de raciocínio.

Esta trégua não durou muito. Um novo incidente demoliu quase imediatamente o edifício reconstruído. Subitamente, ele entrou no escritório do diretor sem bater. Estava enlouquecido. Ele agitava um pequeno caderno verde, e estava tremendo, tentando apontar para certas páginas, gaguejando:

– Aqui! Aqui! Que golpe de mestre! Como poderíamos suspeitar!... Agora tudo se torna claro!...

O seu superior tentou acalmá-lo. Ele se conteve, e finalmente disse:

– Eu disse ao senhor que poderia haver algo mais... Encontrei este caderno na mala do Grande Paul... Ou melhor, do Valthex... Notas sem importância... Números... Endereços... E então, em vários lugares, vi frases que tinham sido apagadas com borracha, e por sinal mal apagadas. Pedi ajuda ao Serviço de Identificação Forense, para que pudessem decifrar... Bem, entre elas, há uma... Que não tem preço... Esta aqui, que o serviço transcreveu abaixo... E, de fato, com um pouco de atenção, pode-se ler muito bem...

O diretor pegou o caderno de anotações e leu a anotação. Ele leu:

Endereço do Raoul: Avenida Maroc, número 27, em Auteuil.
Cuidado com uma garagem que se abre pelos fundos.
Para mim, Raoul é Arsène Lupin. Verificar.

Gorgeret disse:

– Sem dúvida, chefe! Esta é a chave do enigma... É a chave do cofre! Com esta chave, tudo se abre... Tudo se torna claro. Somente Arsène

Lupin poderia construir uma trama com tais dimensões. Só ele pode nos manter sob controle e fazer troça de nós. Raoul é Arsène Lupin.

– E agora?

– Vou para lá, chefe. Com esse comunista, não há um minuto a perder. A menina foi solta... Ele já deve saber... Ele vai fugir. Vou correr!

– Arranje alguns homens.

– Preciso de dez.

– Até vinte, se você quiser – disse o diretor, que também estava animado. – Corra, Gorgeret...

– Sim, senhor – gaguejou o inspetor, enquanto fugia. – Vamos à caçada... Reforços! Alerta geral!

Ele agarrou Flamant, pegou mais quatro agentes que estavam de passagem e pulou em um dos carros estacionados no pátio.

Outro carro o seguiu, carregado com seis agentes, e depois mais um terceiro carro.

Foi uma mobilização aterrorizante. Todos os sinos tocavam, todos os tambores rufavam, todas as cornetas chamavam, todas as buzinas e sirenes gritavam o sinal de alerta.

Nos corredores, nos escritórios, de uma ponta à outra da Central de Polícia, as pessoas gritavam umas com as outras: Raoul é Arsène Lupin!... Arsène Lupin é Raoul!

Tudo isso ocorria alguns minutos depois das quatro da tarde.

Da Central de Polícia até a Avenida Maroc, em velocidade máxima, levando em conta os engarrafamentos, foram necessários uns bons quinze minutos.

AUSTERLITZ? WATERLOO?

Exatamente às quatro horas, deitada na cama do quarto, em Auteuil, Clara ainda estava dormindo. Por volta do meio-dia, despertada pela fome, ela havia comido alguma coisa, caindo de sono, e depois voltou a dormir.

Raoul estava ficando impaciente. Não que ele estivesse atormentado, mas não gostava de adiar suas decisões por muito tempo, principalmente quando essas decisões exigiam um mínimo de prudência e sabedoria. Ele imaginava que a ressurreição do Grande Paul poderia aumentar os perigos atuais, e que o testemunho do marquês e as declarações de Antonine complicariam a situação.

Tudo estava pronto para a partida. Ele havia mandado os criados embora, preferindo ficar sozinho, em caso de perigo. As malas já estavam no carro.

Às quatro e dez, ele se lembrou, de repente:

– Caramba! Não posso partir sem dizer adeus a Olga. O que ela deve estar pensando? Será que ela já leu os jornais? Ela fez alguma conexão entre mim e Raoul? Vamos nos livrar dessa velha história...

Ele perguntou:

– O Trocadero Palace, por favor... Alô! Por gentileza, o apartamento de Sua Majestade?

Raoul, com muita pressa, cometeu o grande erro de não perguntar quem estava falando. Não reconhecendo a voz do secretária nem a voz da massagista, acreditando que o rei de Borostyria não estava mais em Paris, ele estava convencido de que falava com a rainha e, em seu tom mais bondoso e afetuoso, ele cuspiu de uma só vez:

– É você, Olga? Como você está, minha linda amada? Você deve estar com raiva de mim, não é? Não, Olga, muitos compromissos, muitas preocupações na cabeça... Não consigo lhe ouvir, querida... Não faça essa a voz de homem... Veja só... Preciso partir, puxa vida! Devo partir depressa... Uma viagem de estudos, à costa da Suécia. Que contratempo! Mas por que você não responde ao seu Raoulzinho? Você está com raiva de mim?

De repente, "Raoulzinho" ficou sobressaltado. Não havia dúvida de que era a voz de um homem que lhe respondia, a voz do rei que ele já tinha ouvido, e que, furioso, rolando os olhos ainda mais do que sua esposa, repreendia do outro lado da linha:

– Você não passa de um crrrretino, senhor! Eu te desprrrrezo!

Raoul sentiu um pouco de suor pingando em suas costas. O Rei de Borostyria! Além disso, ao se virar, ele percebeu que Clara estava acordada, e que ela ouviu todo o telefonema.

– Com quem você estava falando? – disse ela, ansiosamente. – E quem é essa tal de Olga?

Ele não respondeu de imediato, surpreendido pelo incidente. Mas ele sabia que o marido de Olga não se ofendia com as artimanhas de sua esposa. Um a mais, um a menos. Ele não precisava se preocupar isso.

– Olga? – disse ele a Clara. – É uma velha prima, que está sempre em maus lençóis, e com quem eu falo de vez em quando. E você vê o resultado!... Você está pronta?

– Pronta?

– Sim. Vamos partir. O ar em Paris está irrespirável.

Como ela permaneceu pensativa, ele insistiu:

– Eu imploro, Clara. Não temos mais o que fazer aqui. Um atraso pode ser perigoso.

Ela observou:

– Você está preocupado?

– Estou começando a ficar.

– Com o que você está preocupado?

– Com nada... Com nada.

Ela entendeu que era sério, e começou a se vestir rapidamente. Naquele momento Courville, que tinha a chave do jardim e estava voltando, trouxe os jornais da tarde, nos quais Raoul deu uma rápida olhada.

– Está tudo bem – disse ele. – A ferida do Grande Paul definitivamente não foi fatal, mas ele não está em condições de responder por uma semana... O Árabe ainda persiste em seu silêncio.

– E Antonine? – perguntou Clara.

– Liberada – disse Raoul, friamente.

– Saiu no jornal?

– Sim. As explicações do marquês foram decisivas. Ela foi liberada.

Ele afirmou com tanta segurança, que Clara logo ficou tranquila. Courville veio se despedir deles.

– Nenhum papel comprometedor? – disse Raoul. – Não estamos deixando nada para trás?

– Absolutamente nada, senhor.

– Faça uma inspeção final e vá embora daqui, meu velho. Não esqueçam de se encontrarem todos os dias em nossa nova casa, na Ilha Saint-Louis. Além disso, nos vemos daqui a pouco, lá no carro.

Clara terminava de se aprontar, apressada por Raoul.

Quando ela colocou seu chapéu, ela agarrou as mãos dele.

– Qual é o seu problema? – disse ele.

– Jure pra mim que Olga...

– Você ainda está pensando nisso? – exclamou Raoul, rindo.

– Refletindo...

– Mas garanto que ela é uma velha tia, com uma herança...

– Você me disse um velha prima.

– Ela é minha tia e minha prima. O padrasto dela e a irmã de um de meus tios se casaram no terceiro casamento.

Ela sorriu e colocou sua mão sobre a boca dele:

– Não minta, meu amado. No fundo, eu não me importo. Só existe uma pessoa de quem tenho ciúmes.

– Courville? Tenha certeza que minha amizade por ele...

– Não ria... – ela implorou. – Você sabe de quem estou falando.

Ele a puxou para junto dele.

– Você está com ciúmes de si mesma. Você está com ciúmes de sua imagem.

– Da minha imagem, você está certo... Uma imagem minha que tem uma expressão diferente, olhos mais ternos...

– Você tem os olhos mais ternos que existem – disse Raoul, beijando-a apaixonadamente. – Olhos de uma ternura...

– Olhos que já choraram demais.

– Olhos que não riram o suficiente. Isso é o que lhe falta, risos! E eu lhe farei rir.

– Só mais uma coisa. Sabe por que Antonine deixou o engano persistir por dois dias, e não disse nada?

– Não.

– Porque ela tinha medo de dizer alguma coisa contra você.

– E por que esse medo?

– Porque ela lhe ama.

Ele começou a dançar de alegria.

— Ah, muito gentil da sua parte me contar isso! Você acha mesmo que ela me ama? O que você quer, eu sou irresistível! Antonine me ama. Olga me ama. Zozotte me ama. Courville me ama. Gorgeret me ama...

Ele a levantou em seus braços e a conduziu em direção às escadas, quando parou abruptamente.

— O telefone!

A campainha, de fato, estava tocando bem perto deles.

Raoul pegou o telefone. Era Courville... Courville, ofegante, sufocado, que gaguejava:

— Gorgeret!... E mais dois homens com ele... Eu os vi de longe, quando saí... Eles estavam quebrando o portão... Eu entrei em um café...

Raoul desligou o telefone e permanceu imóvel por três ou quatro segundos. Depois, como um idiota, ele agarrou Clara e a jogou sobre os ombros.

— Gorgeret — ele disse, simplesmente.

Carregando seu fardo, ele desceu as escadas correndo.

Do lado de fora da porta do vestíbulo, ele escutou. Passos rastejantes sobre o piso de madeira. Através das janelas foscas, protegidas por barras, ele viu várias figuras. Colocou Clara no chão.

— Volte para a sala de jantar.

— E a garagem? — disse ela.

— Não... Eles já devem ter descoberto tudo. Caso contrário, seriam mais de três... Três rapazes, eu simplesmente os esmagaria.

Ele nem mesmo trancou a fechadura do salão. Ele recuou passo a passo, vigiando os agressores que tentavam sacudir as portas.

— Estou com medo — disse Clara.

— Quando ficamos com medo, fazemos coisas estúpidas. Lembre-se do esfaqueamento. Antonine não vacilou na prisão.

Ele continuou mais suavemente:

– Se você está com medo, eu, pelo contrário, estou me divertindo. Você acha que, depois de lhe encontrar, vou deixar que aquele bruto leve você? Sorria, Clara. Estamos em um espetáculo. E ele é o palhaço.

As duas portas se abriram ao mesmo tempo. Em três saltos Gorgeret chegou até o centro da sala, apontando o revólver.

Raoul havia se plantado na frente da jovem e a escondia.

– Mãos para cima! – gritou Gorgeret. – Ou eu atiro.

Raoul, que estava a cerca de cinco passos dele, zombou:

– Você é um pateta! Sempre com a mesma fórmula estúpida. Você acha que vai atirar em mim? Em mim, Raoul?

– Em você, Lupin – disse Gorgeret, triunfante.

– Como você sabe meu nome?

– Então você confessa?

– Sempre se confessa os títulos de nobreza.

Gorgeret repetiu:

– Mãos para cima, caramba! Senão eu atiro.

– Até na Clara?

– Até nela, se ela estivesse presente.

Raoul deu um passo para trás.

– Aí está ela, sua besta.

Os olhos do Gorgeret arregalaram-se. Seus braços caíram. Clara! A pequena loura que ele acabava de devolver ao marquês de Erlemont! Não, isso estava além de todas as possibilidades. Se fosse realmente Clara – e era Clara, ele não tinha dúvidas – teria de concluir que a outra mulher...

– Vamos lá! – brincou Raoul. – Você está quase entendendo... Só mais um pouquinho de esforço... *Puff!* É isso aí... Sim, seu monte de picles, há duas delas... Uma que veio do campo, e que você achou que era a Clara, e a outra...

– A amante do Grande Paul.

– Seu bastardo! – retorquiu Raoul. – Quem diria que você é o marido da adorável Zozotte?

Gorgeret, furioso, atiçando seus homens, vociferou:

– Agarrem aquele sujeito! E se você se mexer novamente, eu atiro em você, seu canalha!

Os dois homens foram para cima dele. Raoul deu um salto.

Cada um deles levou um pontapé no estômago. Eles recuaram.

– Isso é um golpe meu! – gritou Raoul. – O golpe do duplo savate[2].

Ouviu-se um tiro, mas Gorgeret tinha atirado tão mal que não atingiu ninguém.

Raoul se debulhava de tanto rir.

– Agora ele está estragando minha pintura! Que imbecil! Você é estúpido demais para se lançar nessa aventura sem ter tomado suas precauções. Eu posso até adivinhar o que aconteceu. Alguém deu o meu endereço, e você veio desembestado como um touro atrás da capa vermelha. Você deveria ter vindo com mais vinte camaradas, meu colega.

– Serão cem! Serão mil! – gritou Gorgeret, virando-se ao som de um carro que parava na avenida.

– Ah, melhor ainda – disse Raoul –, eu já estava começando a ficar entediado.

– Seu canalha, você está ferrado!

Gorgeret queria sair da sala para se encontrar com seus reforços. Mas, estranhamente, a porta havia se fechado desde o início, e ele lutava em vão para abrir a fechadura.

– Não se dê ao trabalho – aconselhou Raoul –, a porta se fecha sozinha. E é madeira maciça. Madeira de caixão.

Suavemente, disse ele a Clara:

---

[2] O savate ou boxe francês é uma arte marcial de combate, desenvolvida na França, na qual os pés e as mãos são utilizados para percutir os adversários, combinando elementos de boxe com técnicas de pontapé. (N.T.)

– Preste atenção, querida, e veja como se faz.

Ele correu em direção ao lado direito, onde estavam os restos de uma antiga divisória, que havia sido removida para fazer uma única sala.

Gorgeret, compreendendo que estava perdendo seu tempo, e resolvido a acabar logo com tudo a qualquer custo, voltou à gritaria:

– Vamos matá-lo! Ele vai escapar!

Raoul apertou um botão, e enquanto os agentes preparavam suas armas, uma cortina de ferro caiu do teto, pesada como uma marreta, separando a sala em duas, enquanto as persianas se dobravam para dentro.

– Ui! – ridicularizou Raoul. – Uma guilhotina! Gorgeret perdeu a cabeça. Adeus, Gorgeret!

Ele pegou um jarro no aparador e encheu dois copos com água.

– Beba, querida.

– Vamos logo, vamos fugir daqui! – disse ela, entre lágrimas.

– Não se preocupe, Clara.

Ele insistiu para que que ela bebesse, e ele mesmo esvaziou seu copo. Ele estava muito calmo, e não se apressou.

– Você consegue ouvi-los do outro lado? Eles estão enlatados, como sardinhas. Quando a cortina cai, todas as persianas travam. Os fios elétricos são cortados. Tudo fica preto como breu. Uma fortaleza inexpugnável no exterior, e uma prisão no interior. Hein? Que tal?

Ela parecia não compartilhar desse entusiasmo. Ele deu-lhe um beijo na boca, o que a reanimou:

– E agora – disse ele – o campo, a liberdade e o repouso merecido dos justos.

Ele passou para uma pequena sala, que era a despensa. Entre a despensa e a cozinha, havia um espaço com um armário, que ele abriu. Eram as escadas para uma adega. Eles desceram.

– Saiba, para sua própria informação – dizia ele, em tom professoral –, que uma casa bem construída deve ter três saídas: uma oficial;

uma segunda, oculta e aparente, para a polícia; e uma terceira, oculta e invisível, para servir como rota de fuga. Assim, enquanto a corja do Gorgeret vigia a garagem, nós escapamos pelas entranhas da terra. Não é genial? Foi um banqueiro que me vendeu este imóvel.

    Eles caminharam por uns três minutos, e depois subiram uma escada que levava a uma pequena casa sem móveis, com janelas fechadas, e com vista para uma rua movimentada.

    Um automóvel grande, com espaço para chofer, estava estacionado ali, vigiado por Courville. Estava abarrotado de malas e bolsas. Raoul deu suas últimas instruções a Courville.

    O carro partiu rapidamente.

    Uma hora mais tarde, Gorgeret, muito penalizado, prestava contas da missão ao diretor. Eles concordaram que as comunicações à imprensa não falariam sobre Lupin, e que toda indiscrição seria negada.

    No dia seguinte Gorgeret voltou, novamente cheio de confiança, e anunciou que a pequena loura, não Clara, mas aquela que havia sido presa e libertada, tinha passado a noite na casa do marquês e acabava de sair com ele, em um carro.

    E no dia seguinte ele soube que os dois viajantes haviam chegado a Volnic. De acordo com informações categóricas, Jean de Erlemont, que já possuía o castelo havia quinze anos, tinha-o recomprado na segunda venda, por intermédio de um estranho, cuja descrição correspondia a Raoul.

    Gorgeret e o diretor elaboraram imediatamente um plano de ação.

RAOUL ENTRA EM CENA

– Mestre Audigat – concluiu Antonine –, tudo o que está me dizendo é muito gentil, mas...

– Não me chame de Mestre Audigat, senhorita.

– O senhor está me pedindo para chamá-lo pelo nome? – disse ela, sorrindo.

– Eu ficaria feliz – disse ele com uma mesura. – Isso provaria que a senhorita corresponde aos meus sentimentos.

– Não posso corresponder tão rapidamente, nem posso repeli-los, caro senhor. Estou de volta há apenas quatro dias, e mal nos conhecemos.

– Quando estima, senhorita, que me conhecerá bem o suficiente para me dar uma resposta?

– Quatro anos? Três anos? Isso é demais?

Ele ficou com o coração partido. Ele entendeu que nunca obteria a menor promessa desta bela senhorita, que seria, para ele, como um bálsamo para os rigores da existência em Volnic.

A entrevista estava terminada. Mestre Audigat se despediu da jovem e, muito digno e envergonhado, deixou o castelo.

Antonine ficou sozinha. Ela caminhava ao redor das ruínas, pelo parque e pela floresta. Ela andava graciosamente, e seu sorriso de sempre fazia covinhas em seu rosto. Ela usava um vestido novo, e estava adornada com seu grande chapéu palha. De vez em quando, ela cantava. Depois ela colheu algumas flores silvestres e as trouxe para o marquês de Erlemont.

Ele esperava por ela no banco de pedra onde eles gostavam de se sentar, no final do terraço, e disse:

– Como você é linda! Nenhum traço de fadiga ou de sofrimento. E, no entanto, não tiveram pena de você.

– Não vamos mais falar sobre isso, padrinho. É uma história antiga que eu não me lembro mais.

– Então, você está feliz?

– Muito feliz, padrinho, já que estou com o senhor... E neste castelo que eu amo.

– Um castelo que não nos pertence, e do qual partiremos amanhã.

– Que nos pertence, e que não deixaremos.

Ele riu.

– Então você ainda está confiando nesse sujeito?

– Mais do que nunca.

– Bem, eu não.

– Você confia tanto nele, padrinho, que já me disse quatro vezes que não confia.

Erlemont cruzou os braços.

– Então, você acha chegará aqui, em uma data vagamente definida há quase um mês, e depois de tudo que aconteceu?

– Hoje é 3 de julho. Ele confirmou o encontro no bilhete que me enviou, quando eu estava na Central de Polícia.

– Apenas uma promessa.

– Ele cumpre todas as suas promessas.

– Então, às quatro horas?

– Às quatro horas ele estará aqui, ou seja, em vinte minutos.

Erlemont acenou com a cabeça e confessou, alegremente:

– No fundo, você quer que eu diga? Bem, eu também espero que sim. Que coisa mais engraçada, a confiança! E confiança em quem? Em uma espécie de aventureiro que cuida de meus negócios sem que eu tenha pedido, e que cuida deles da maneira mais incomum, agitando toda a força policial contra ele. Você tem lido os jornais nos últimos dias, e o que eles dizem? Que meu inquilino, o senhor Raoul, o amante desta misteriosa Clara que se parece com você, ao que tudo indica, é ninguém menos que Arsène Lupin. A polícia nega. Mas a polícia, que por muito tempo viu Lupin por toda a parte, não quer mais vê-lo em lugar nenhum, por medo do ridículo. E eis o nosso colaborador!

Ela pensou e disse, com mais seriedade:

– Temos que confiar no homem que veio aqui, padrinho. Não podemos confiar nesse outro.

– Claro... Claro... Ele é um sujeito inteligente, admito... E eu devo admitir que ele causou uma grande impressão em mim...

– Tão grande que o senhor espera vê-lo novamente, e saber a verdade sobre todas as coisas que ainda não entende. Não importa se seu nome é Raoul ou Arsène Lupin, se ele conceder todos os nossos desejos!

Ela estava animada. Ele olhou para ela com surpresa. Ela tinha as bochechas rosadas e os olhos brilhantes.

– Você não vai ficar com raiva, Antonine?

– Não, padrinho.

– Bem, eu me pergunto se Mestre Audigat não teria sido mais bem recebido, se as circunstâncias não tivessem trazido o senhor Raoul...

Ele não terminou. As bochechas rosadas de Antonine tinham ficado vermelhas, e ela desviou o olhar.

– Oh, padrinho! – disse ela, tentando sorrir – que ideia mais absurda!

Ele se levantou. Uma leve batida marcou os cinco minutos antes das quatro horas, na igreja do vilarejo. Seguido por Antonine, ele caminhou ao longo da fachada do castelo e se postou no canto direito, de onde se podia ver a porta maciça, de ferro forjado, no final do arco baixo sob a torre de entrada.

– É aqui que ele vai tocar – diz ele.

E ele acrescentou com uma risada:

– Você já leu *O conde de Monte Cristo*? E você se lembra como ele é apresentado no romance? Algumas pessoas, que o conheceram nos quatro cantos do mundo, esperam por ele para almoçar. Meses antes, ele prometeu que estaria lá ao meio-dia, e o anfitrião afirma que, apesar das incertezas da viagem, ele chegará na hora exata. Deu meio-dia. No último golpe, o mordomo anuncia: "O senhor conde de Monte Cristo". Nós esperamos com a mesma fé e ansiedade.

A campainha tocou, sob o arco. A governanta desceu os degraus da escadaria.

– Será o conde de Monte Cristo? – disse Jean de Erlemont. – Ele chegou cedo, o que não é mais elegante do que estar atrasado.

A porta foi aberta.

Não era o visitante esperado, mas outra pessoa, cuja aparência os confundia: era Gorgeret.

– Ah, padrinho! – murmurou Antonine, vacilando. – Tenho medo daquele homem, apesar de tudo... O que ele está fazendo aqui? Estou com medo.

– Por quê? – indagou Jean de Erlemont, que parecia desagradavelmente surpreso. – Por você? Por mim? Nós não devemos nada a ele.

Ela não respondeu. O inspetor, depois de conversar com a governanta, avistou o marquês e avançou imediatamente em direção a ele.

Ele carregava na mão, como uma bengala, um enorme bastão com cabeça de ferro. Ele era gordo, pesado, desajeitado e corpulento. Mas seu habitual rosto duro se esforçava para ser amável.

Na igreja, as quatro batidas soaram.

– Posso solicitar, senhor marquês – disse ele, com um tom de voz exageradamente afetado –, a gentileza de uma entrevista?

– Do que se trata? – disse Erlemont, secamente.

– Trata-se... Do nosso caso.

– Que caso? Tudo já foi dito entre nós, e sua conduta execrável para com minha afilhada não me deixa muito disposto a continuar nossas relações.

– Nem tudo foi dito entre nós – objetou Gorgeret, menos afável – e nossas relações ainda não terminaram. Eu disse isso ao senhor na presença do Diretor da Polícia Judiciária. Preciso de algumas informações.

O marquês de Erlemont virou-se para a governanta, que estava a trinta metros de distância, sob o arco, e gritou para ela:

– Por favor, feche a porta. Se alguém bater, não abra... Para ninguém, certo? Depois, traga-me a chave.

Antonine apertou a mão dele, manifestando sua aprovação. A porta fechada impossibilitava o confronto entre Gorgeret e Raoul, caso esse último aparecesse.

A governanta entregou a chave para o marquês e se retirou. O inspetor sorriu.

– Vejo, senhor marquês, que o senhor contava com outra visita além da minha, e que está com desejos de impedi-la. Talvez seja tarde demais.

– Estou em um tal estado de espírito – disse Jean de Erlemont – que todos os visitantes me parecem ser intrusos.

– A começar por mim.

– A começar pelo senhor. Então vamos acabar com isto rapidamente e, por favor, sigam-me até meu escritório.

Ele voltou pelo pátio e entrou no castelo, acompanhado por Antonine e pelo inspetor.

Mas, ao virar a esquina, notaram um senhor sentado no banco do terraço, fumando um cigarro.

O espanto do marquês e de Antonine foi tamanho que eles pararam.

Gorgeret parou, como eles, mas com muita calma. Será que ele já sabia da presença de Raoul no interior daqueles muros?

Raoul, ao vê-los, jogou fora seu cigarro, levantou-se e disse alegremente ao marquês:

– Devo lembrar, senhor, que o encontro marcado era aqui no banco. Na última badalada das quatro horas, sentei-me aqui.

Muito elegante em seu leve traje de viagem, com o rosto divertido, realmente simpático, ele tirou seu chapéu e se inclinou profundamente para Antonine.

– Peço desculpas novamente, senhorita. Eu carrego grande parte da culpa pelos tormentos que a senhorita teve que suportar, graças a alguns malvados. Espero que não me leve a mal, pois apenas os interesses do marquês de Erlemont guiaram minha conduta.

Sobre Gorgeret, não proferiu uma palavra. Era como se Raoul não o tivesse visto e a figura maciça do inspetor permanecesse invisível para ele.

Gorgeret não vacilou. Ele também, mais pesado, mas com a mesma tranquilidade, manteve a atitude indiferente de alguém para quem a situação parecia bastante normal. Ele aguardava. O marquês de Erlemont e Antonine também estavam esperando.

No final, a peça que estava para ser representada teria apenas um ator, Raoul. Os outros teriam apenas que ouvir, assistir e esperar, até que ele lhes pedisse para entrar em cena.

Raoul se deliciava com a situação. Ele adorava se exibir e falar, particularmente em momentos de tensão, quando o bom senso parece apontar a concisão e a sobriedade como essenciais. Agora, andando no terraço com as mãos presas atrás das costas, ele parecia alternadamente triunfante, pensativo, frívolo, sério ou alegre. Então, de repente, parando de andar, ele disse ao marquês:

– Eu estava hesitando se devia falar, senhor. Pareceu-me, de fato, que, sendo nossa reunião privada, a presença de estranhos não nos permitiria lidar com os assuntos para os quais nos reunimos, em completa liberdade de espírito. Mas, pensando bem, eu estava errado. O que temos a dizer pode ser dito na frente de qualquer um, mesmo diante de um representante subalterno da polícia que suspeita de vós, senhor, e que tem a audácia de lhe fazer acusações. Estabelecerei, portanto, a situação como ela é, sem outro objetivo que não seja a verdade e a justiça. As pessoas honestas têm o direito de manter a cabeça erguida.

Ele fez uma pausa. Embora fosse um momento de gravidade, por mais preocupada e perturbada que estivesse, Antonine teve que apertar a boca para não rir. Havia na entoação pomposa de Raoul, no piscar imperceptível de seus olhos, na ondulação de seus lábios, num certo balanço de seu corpo sobre os quadris, algo cômico que descartava qualquer interpretação mal-humorada dos acontecimentos. E que segurança! Que casualidade diante do perigo! Percebia-se que ele não falaria uma palavra que não fosse útil e que, pelo contrário, todas teriam a intenção de confundir o inimigo.

– Não precisamos nos preocupar – prosseguiu ele – com o que aconteceu recentemente. A dupla existência de Clara Loura e Antonine Gautier, suas semelhanças, seus atos, bem como os atos do Grande Paul, os atos do senhor Raoul, o conflito que em algum momento colocou este perfeito cavalheiro contra o policial Gorgeret, a superioridade esmagadora do primeiro sobre o segundo, e tantas outras questões definitivamente solucionadas, as quais nenhum poder neste mundo pode refutar. O que nos interessa hoje é o drama de Volnic, a morte de Elisabeth Hornain, e a recuperação de sua fortuna, senhor. Espero que não se importe com este preâmbulo bastante longo. Isso nos permitirá resolver inúmeros problemas em algumas breves frases. E assim o senhor será poupado do humilhante interrogatório de um certo indivíduo.

O marquês aproveitou uma pausa para se opor:

– Eu não tenho que me submeter a nenhum interrogatório.

– Tenho certeza, senhor – disse Raoul –, de que o sistema de justiça, que nunca compreendeu nada sobre o drama de Volnic, está tentando se virar contra o senhor e, sem saber para onde ir, deseja levantar certos detalhes sobre seu papel neste drama.

– Mas meu papel neste drama é nulo.

– Tenho certeza disso. No entanto, a justiça se pergunta por que o senhor não declarou suas relações com Elisabeth Hornain, e por que comprou secretamente o castelo de Volnic, e por que retornou aqui por várias vezes, à noite. Em particular, e a partir de algumas provas impressionantes, o senhor é acusado de...

O marquês atropelou-o:

– Estou sendo acusado! Que história é essa? Quem está me acusando? E de quê?

Ele fitava Raoul com irritação, como se de repente visse nele um adversário prestes a atacá-lo. Ele repetiu duramente:

– Mais uma vez, quem está me acusando?

– Valthex.

– Aquele bandido?

– Aquele bandido reuniu um dossiê formidável contra o senhor, e certamente o levará à justiça, assim que se recuperar.

Antonine estava pálida, ansiosa. Gorgeret havia deixado sua máscara impassível. Ele escutava avidamente.

O marquês de Erlemont se aproximou de Raoul e, com voz imperiosa, exigiu:

– Fale... Eu exijo que fale... De que me acusa esse desgraçado?

– Do assassinato de Elisabeth Hornain.

Um silêncio prolongou estas terríveis palavras. Mas o rosto do marquês se acalmou, e ele riu sem o mínimo constrangimento.

– Explique-se – disse ele.

Raoul explicou:

– O senhor conhecia, naquela época, um pastor local, o senhor Gassiou, um homem simplório, um tanto ingênuo, com quem o senhor ia frequentemente conversar, durante sua estada com senhor e senhora de Jouvelle. O tio Gassiou tinha a peculiaridade de ser prodigiosamente hábil. Ele costumava matar pássaros com golpes certeiros, atirando pedras com sua funda. E, ao que parece, se este homem meio tolo, subornado pelo senhor, matou Elisabeth Hornain com uma pedra enquanto ela, a pedido do senhor, cantava nas ruínas.

– Mas isso é um absurdo! – gritou o marquês. – Eu deveria ter algum motivo, ora essa! Por que eu desejaria ver morta uma mulher que eu amava?

– Para ficar com as suas joias, que ela confiou ao senhor momentos antes de cantar.

– As joias eram falsas.

– Elas eram verdadeiras. Essa é a parte mais obscura de sua conduta, senhor! Elisabeth Hornain as tinha recebido de um bilionário na Argentina!

Desta vez, o marquês de Erlemont não pôde mais suportar. Ele se levantou, fora de si mesmo.

– Isso é uma mentira! Elisabeth nunca amou ninguém antes de mim! E foi esta mulher que eu matei? A mulher que eu tanto amei e que nunca esqueci! O quê! Não foi por ela, pela sua memória, que comprei este castelo, para que o lugar onde ela morreu não pertencesse a ninguém além de mim? E, se eu voltava para cá de tempos em tempos, não seria para rezar sobre essas ruínas? Se eu a tivesse matado, eu teria mantido viva em mim a terrível lembrança do meu crime? Tal acusação é monstruosa!

– Bravo, senhor! – disse Raoul, esfregando as mãos. – Ah, se o senhor tivesse me respondido com esse espírito vinte e cinco dias atrás, que eventos dolorosos poderíamos ter evitado! Mais uma vez, bravo, senhor! E o senhor pode estar certo de que, pessoalmente, não levei a sério nem por um momento as acusações do abominável Valthex, nem o dossiê de mentiras que ele reuniu. Gassiou? A funda? Apenas piadas! Tudo isso é chantagem, mas uma chantagem inteligente, que pode pesar terrivelmente sobre o senhor, e contra a qual devemos tomar todas as precauções. Nesse caso, existe apenas um remédio: a verdade, a verdade absoluta e implacável, para que hoje possamos apresentá-la à justiça.

– A verdade, eu realmente não sei.

– Eu também não sei. Mas, no ponto em que nos encontramos, ela depende apenas da clareza de suas respostas. Responda, sim ou não: as joias que desapareceram eram reais?

O marquês não hesitou mais. Ele foi categórico.

– Elas eram reais.

– E eles eram suas, não eram? O senhor mandou uma agência fazer uma busca por uma herança, que lhe havia sido roubada. Lembro que a fortuna Erlemont provinha de um avô que tinha vivido na Índia, com o título de nababo, e suponho que ele tinha convertido sua imensa riqueza em belas joias. É verdade?

– Sim.

– Presumo, também: a razão pela qual os herdeiros do nababo Erlemont nunca mencionarem os colares feitos com essas gemas seria para evitar o pagamento do imposto sucessório?

– Suponho que sim – disse o marquês.

– E, sem dúvida, o senhor as emprestou a Elisabeth Hornain?

– Sim. Assim que se divorciasse, ela seria minha esposa. Por orgulho, por amor, eu gostava de vê-la com essas joias.

– Ela sabia que eram reais?

– Sim.

– E todas as pedras que ela usava naquele dia pertenciam ao senhor, sem exceção?

– Não. Havia também um colar de pérolas finas que eu havia dado a ela, em plena posse, e eram de grande valor.

– O senhor deu a ela em mãos?

– Eu enviei para ela por intermédio de um joalheiro.

Raoul acenou com a cabeça.

– Veja, senhor, até que ponto Valthex foi capaz de se informar a seu respeito. E se Valthex tivesse encontrado algum documento provando que esse colar de pérolas pertencia a sua tia, que peso teria tal documento!

E Raoul acrescentou:

– Agora é apenas uma questão de encontrar o colar de pérolas e os outros colares. Mais algumas palavras. No dia da tragédia, o senhor levou Elisabeth Hornain pelas encostas até as ruínas?

– Um pouco mais alto ainda.

– Sim, até a alameda horizontal de louros, que pode ser vista daqui?

– De fato.

– E os dois permaneceram invisíveis por um período de tempo maior do que o necessário?

– Sim, isso mesmo. Não conseguíamos estar sozinhos havia duas semanas, e nos abraçamos longamente.

– E depois?

– Bem, ela pretendia cantar certas peças, para as quais desejava que seus adornos e vestimentas fossem perfeitamente simples. Ela quis me confiar todos os seus colares. Eu não quis. Elisabeth não insistiu, e ela me viu partir. Quando me virei ao final da alameda de louros, ela ainda estava imóvel.

– Ela ainda tinha os colares quando chegou à parte superior das ruínas?

– Eu não sei dizer exatamente. E esse é um ponto sobre o qual nenhum dos convidados pôde fazer uma declaração precisa. A ausência dos colares só foi notada após o desfecho do drama.

– Que seja. Mas o dossiê de Valthex contém provas do contrário. Na hora da tragédia, Elisabeth Hornain não tinha mais as joias.

O marquês conclui:

– Então elas teriam sido roubadas entre a alameda de louros e o terraço superior?

Houve um silêncio, e Raoul articulou lentamente, sílaba por sílaba:

– As joias não foram roubadas.

– Como assim, não foram roubadas! Mas por que Elisabeth Hornain teria sido assassinada?

– Elisabeth Hornain não foi assassinada.

Uma das maiores alegrias de Raoul era proceder assim, dando essas afirmações sensacionais. E essa alegria podia ser vista na pequena chama que se acendia em seus olhos.

O marquês gritou:

– Deus do céu! Eu vi o ferimento... Nunca ninguém duvidou que um crime tinha sido cometido. Quem o cometeu?

Raoul levantou o braço, estendeu seu dedo indicador e disse:

– Perseu.

– O que isso significa?

– O senhor me pergunta quem cometeu o crime. Respondo-lhe com muita seriedade: Perseu!

Ele terminou:

– E agora, por favor, tenham a gentileza de me acompanhar até as ruínas.

O CRIME DE PERSEU

Jean de Erlemont não acatou imediatamente o pedido de Raoul. Ele permaneceu indeciso e, obviamente, muito comovido.

– Então, diga-me, estamos chegando ao fim? Eu procurei tanto, e sofri tanto, por não poder vingar Elisabeth! Será possível que finalmente saberemos a verdade sobre sua morte?

– Eu conheço essa verdade – disse Raoul. – E, quanto ao resto, quanto às joias que faltam, creio que também tenho uma certeza…

Antonine tinha certeza. Seu rosto claro mostrava uma confiança que não fazia nenhuma restrição. Ela apertou a mão de Jean de Erlemont para comunicar sua alegre convicção.

Quanto ao Gorgeret, cada músculo em seu rosto estava contraído. Sua mandíbula rangia. Ele não podia admitir que os problemas aos quais ele havia dedicado tanto esforço, em vão, seriam resolvidos por seu odiado rival. Ele esperava e temia, ao mesmo tempo, um sucesso humilhante para ele.

Jean de Erlemont refez o caminho que havia seguido quinze anos atrás, na companhia da cantora. Antonine o seguia, precedida por Raoul e Gorgeret.

O mais calmo de todos, com certeza, era Raoul. Ele estava encantado ao ver a jovem caminhando diante dele, e notou certos detalhes que a distinguiam de Clara: uma marcha menos sinuosa e mais suave, mais ritmada e mais simples, menos voluptuosa e mais digna, com menos graça felina e mais naturalidade. E o que ele notava na caminhada, ele percebeu que também podia ser encontrado na atitude de Antonine e em seu próprio rosto, quando ela era contemplada de frente. Por duas vezes, tendo que desacelerar por causa das ervas daninhas que cresciam pelo caminho, ela caminhou lado a lado com ele. Ele notou que ela estava corada. Eles não trocaram uma única palavra.

O marquês subiu os degraus de pedra que levavam para fora do jardim sem flores, e depois subiu os degraus que conduziam ao segundo terraço, o qual se prolongava à direita e à esquerda por matas de louro que pendiam de vasos velhos, com as bases rachadas e cobertas de musgo. Ele virou à esquerda para alcançar as encostas e degraus que subiam através das ruínas. Raoul o deteve.

– Foi aqui que o senhor e Elisabeth Hornain se abraçaram?

– Sim.

– Onde, exatamente?

– Aqui, onde eu estou.

– O senhor poderia ser visto do castelo?

– Não. Os arbustos, que não eram podados ou tratados, hoje estão nus. Mas eles costumavam formar uma cortina grossa, de cima para baixo.

– Então era aqui que Elisabeth Hornain estava parada, quando o senhor se virou?

– Sim. Minha memória reteve uma visão fiel de sua figura. Ela me enviou um beijo. Lembro-me de seu gesto apaixonado. E aquela ruína, bem ali, era como uma moldura verde que a envolvia. Eu nunca me esqueci.

– E quando o senhor voltou para o jardim, o senhor se voltou uma segunda vez?

– Sim, para vê-la novamente assim que ela saísse da alameda.

– E o senhor a viu?

– Não de imediato, mas quase imediatamente.

– Normalmente, o senhor teria visto isso imediatamente? Ela deveria ter saído logo da alameda?

– Sim.

Raoul começou a rir suavemente.

– Por que você está rindo? – disse Erlemont.

E Antonine também o questionava, com todo o seu ser pendendo em direção a ele.

– Eu rio porque, quanto mais complicado um caso parece, mais complicada queremos que seja a solução. Nunca perseguimos uma ideia simples, mas sempre as soluções extravagantes e tortuosas. Em suas investigações posteriores, o que o senhor veio procurar? Colares?

– Não, porque tinham sido roubados. Eu procurava pistas que pudessem me levar até o assassino.

– E nem uma vez o senhor se perguntou se, por acaso, os colares haviam sido roubados?

– Nunca.

– E nem Gorgeret, nem seus companheiros, jamais se fizeram essa pergunta. Nunca foi formulada a verdadeira pergunta; todos continuavam a bater na mesma tecla.

– Qual era a verdadeira pergunta?

– A pergunta infantil que o senhor me obrigou a considerar: Elisabeth Hornain, que preferia cantar sem os colares, não os teria colocado em algum lugar?

– Não pode ser! Não se deixa tais riquezas à inveja dos transeuntes.

– Que transeuntes? O senhor sabe perfeitamente, e ela também sabia, que todos estavam perto do castelo.

– Então você acha que ela depositou suas joias em algum lugar?

– Sim, para buscá-las quando descesse, dez minutos depois.

– Mas depois da tragédia, quando todos nós viemos correndo, não as teríamos visto?

– Ela os guardou em um lugar onde não podiam ser vistos.

– Onde?

– Naquele vaso velho, por exemplo, que estava ao alcance de sua mão... E onde deveria haver, assim como nos outros, alguma suculenta, ou alguma dessas plantas que prosperam na sombra. Ela só teria que se levantar na ponta dos pés, estender o braço, e colocar as joias sobre a terra do vaso. Um gesto natural, um depósito provisório, que o acaso e a estupidez dos homens tornaram definitivo.

– Como... definitivo?

– Por Deus! As plantas murcharam, as folhas caíram e apodreceram, e se formou uma espécie de húmus que cobre o depósito, tornando-o o mais inacessível dos esconderijos.

Erlemont e Antonine ficaram em silêncio, impressionados com tal certeza pacífica:

– Você está sendo categórico – disse Erlemont.

– Sim, porque é a verdade. É só estender a mão, para ter certeza.

O marquês hesitou. Ele estava muito pálido. Depois, ele repetiu o gesto feito por Elisabeth Hornain. Ele se ergueu na ponta dos pés, esticou o braço, remexeu entre a aglomeração de terra úmida que o tempo havia formado no fundo do vaso, e murmurou com um estremecimento:

– Sim... Estão aqui... Posso sentir os colares... As facetas das pedras... As correntes que as unem... Meu Deus! Como me lembro dela, usando essas joias!

Ele estava tão dominado pela emoção que mal ousava levar adiante seu ato. Um a um, ele arrancou os colares. Havia cinco deles. Apesar de toda a sujeira, o vermelho dos rubis, o verde das esmeraldas, o azul das safiras ofuscavam, e pedaços de ouro brilhavam. Ele sussurrou:

– Falta um... Eram seis...

Tendo pensado nisso, ele repetiu:

– Sim... Falta um... Falta o colar de pérolas que dei para ela... É estranho, não é? Poderia ter sido roubado antes que ela guardasse os outros?

Ele lançou essas perguntas sem dar muita importância a elas, pois esse último enigma lhe pareceu insolúvel. Mas os olhares de Raoul e Gorgeret se encontraram. O inspetor pensava consigo mesmo: "Foi ele quem levou as pérolas... Ele está bancando o feiticeiro conosco, pois esta manhã, ou ontem, ele deve ter vasculhado tudo e levado sua parte do butim".

E Raoul acenou com a cabeça e sorriu, como se dissesse: "É isso aí, meu velho... Você descobriu... O que você quer? É preciso fazer a vida!".

A doce Antonine não fez nenhuma suposição. Ela ajudava o marquês a organizar e embalar os colares de pedras preciosas. Tendo terminado, o marquês de Erlemont conduziu Raoul em direção às ruínas.

– Continuemos – disse ele. – Conte-me sobre ela, sobre o que aconteceu. Como ela morreu? Quem a matou, a pobre infeliz? Nunca esqueci essa morte terrível... Nunca me recuperei do meu pesar... Eu gostaria tanto de saber!

Ele questionava como se Raoul tivesse em suas mãos a verdade sobre todas as coisas, como se fosse um objeto escondido sob um véu, que poderia ser descoberto apenas pela sua vontade. Bastava Raoul querer, para que a escuridão se enchesse de luz e as revelações mais extraordinárias saíssem de sua boca.

Eles chegaram ao terraço superior, perto do monte onde Elisabeth havia morrido. De lá, eles podiam ver todo o castelo, o parque e a torre de entrada.

Antonine, que estava perto de Raoul, sussurrou:

– Estou muito feliz pelo meu padrinho, e eu lhe agradeço... Mas estou com medo...

– Você está com medo?

– Sim... com medo do Gorgeret... Você tem que ir embora!

Ele respondeu suavemente:

– Que prazer a senhorita me dá! Mas não há perigo, porque eu estou contando tudo o que sei, tudo o que Gorgeret está tão ansioso para saber! Devo ir embora antes?

Sentindo que ela estava reconfortada, e como o marquês ainda o pressionava com perguntas, Raoul explicou:

– Como o drama se desenrolou? Como vê, senhor, para chegar ao objetivo, segui o caminho oposto ao que o que o senhor havia seguido. Sim, a evolução dos meus pensamentos começou de um ponto oposto. Se concluí que talvez não houvesse um ladrão, foi porque assumi, desde o início, que talvez não houvesse um assassino. E se eu assumi isso, foi porque as circunstâncias eram tais que não poderíamos deixar de ver este assassino. Não se mata na frente de quarenta pessoas, em plena luz do dia, sem que essas quarenta pessoas vejam a execução do assassinato. Um tiro? Teriam ouvido. Um golpe com um pedaço de pau? Teriam visto. Um golpe com uma pedra? Teriam surpreendido o gesto. Mas tudo foi invisível e silencioso. Então foi necessário procurar causas de morte além das puramente humanas, ou seja, além das causadas pela vontade do homem.

O marquês perguntou:

– A morte, então, foi acidental?

– A morte foi acidental, e foi um efeito do acaso. Bem, as manifestações do acaso são ilimitadas, e podem assumir as formas mais incomuns e excepcionais. Uma vez estive envolvido em uma aventura, na qual a honra e a fortuna de um homem dependiam de um documento escondido no alto de uma torre muito alta, sem escadas[3]. Certa manhã, esse homem notou que as duas extremidades de uma corda muito longa estavam penduradas em cada lado da torre. Consegui descobrir que essa corda tinha caído de um balão dirigível do qual os passageiros, para aliviarem o seu peso, tinham jogado fora todo o equipamento. Por acaso, a corda tinha caído exatamente onde deveria, oferecendo um meio muito conveniente de escalada. Um milagre, de fato. A multiplicidade de combinações é tamanha que, a todo momento, na natureza, milhares e milhares de milagres acontecem.

– Então...

– Então, a morte de Elisabeth Hornain foi causada por um fenômeno físico que é extremamente frequente, mas muito raramente tem consequências fatais. Essa hipótese surgiu em minha mente depois que Valthex acusou o pastor Gassiou de ter atirado uma pedra com sua funda. Eu concluí que Gassiou não poderia ter estado aqui, mas que uma pedra pôde atingir Elisabeth Hornain; e que essa era mesmo a única explicação plausível para sua morte.

– Uma pedra caída do céu? – disse o marquês, não sem ironia.

– Por que não?

– Ora, vamos! Quem teria atirado esta pedra?

– Eu lhe disse, caro senhor: Perseu!

O marquês o implorou:

– Eu suplico, não zombe de mim.

– Mas estou falando muito sério – disse Raoul – e falo conscientemente, confiando não em hipóteses, mas em fatos incontestáveis. Todos os dias, milhões de pedras, sólidos, aerólitos, meteoritos, fragmentos de planetas dissociados, cruzam o espaço a velocidades vertiginosas, inflamam-se ao entrarem na atmosfera, e caem. Todos os dias caem

---

[3] Referência ao capítulo "Milagres acontecem" ("Le hasard fait des miracles"), do livro: *Agência Barnett e Associados: as novas aventuras de Arsène Lupin* (*L'Agence Barnett et Cie.*, 1928). (N.T.)

toneladas e toneladas delas. Milhões delas já foram coletados, em todas as formas e tamanhos. Quando uma delas, por um acaso assustador, atinge um ser, é a morte certa – uma morte insensata, e às vezes incompreensível. Bem...

Depois de uma pausa, disse Raoul:

– Bem, as chuvas de projéteis, que ocorrem durante todo o ano, são mais frequentes e mais densas em certos períodos fixos, e o mais conhecido é o que ocorre no mês de agosto, exatamente entre os dias 9 e 14, e que parece ter seu ponto de origem na constelação de Perseu. Daí o nome de *Perséiades*, sob o qual designamos esta poeira de estrelas cadentes. E daí a brincadeira que eu me permiti, ao acusar Perseu.

Sem dar ao marquês a oportunidade de expressar qualquer dúvida ou objeção, Raoul continuou:

– Há quatro dias atrás, um homem de minha confiança, hábil e dedicado, pulou o muro e vasculhou as ruínas nas proximidades deste monte; e eu mesmo estive aqui ontem, e hoje de madrugada.

– Você encontrou algo?

– Sim.

Raoul exibiu uma pequena bola, do tamanho de uma noz, redonda, mas áspera, cheia de bordas pontiagudas, cujos cantos teriam sido entorpecidos pela fusão, que tinha coberto a superfície com uma espécie de esmalte preto brilhante.

Ele tinha se interrompido, e retomou:

– Este projétil, não tenho dúvidas, foi visto pelos policiais da investigação original, mas ninguém o notou, pois estavam procurando alguma bala de fuzil ou projétil feito pelo homem. Para mim, sua presença aqui é uma prova indiscutível da realidade. Eu tenho outras evidências. Primeiramente, a data da própria tragédia: 13 de agosto, que é um dos dias em que a Terra passa sob as Perséiades. E lhes direi que esta data de 13 de agosto foi um dos primeiros pontos de luz que me veio à mente.

E depois eu tive uma prova irrefutável, que não foi apenas uma prova de lógica e raciocínio, mas uma prova científica. Ontem levei esta pedra a Vichy, a um laboratório de química e biologia. Pressionados contra a camada externa de verniz, foram encontrados fragmentos de tecido humano carbonizado... Sim, fragmentos de pele e carne, células arrancadas de um ser vivo, que se carbonizaram em contato com o projétil queimado, e aderiram a ele de forma tão indissolúvel que o tempo não conseguiu removê-los. Essas amostras foram preservadas pelo químico, e serão objeto de um relatório, por assim dizer oficial, que será entregue ao senhor marquês de Erlemont, e ao *Seu* Gorgeret, se ele estiver interessado.

Raoul se virara na direção do "Seu" Gorgeret.

– Além disso, o caso foi encerrado pela justiça há quinze anos, e não deve ser reaberto. O "Seu" Gorgeret pode ter notado certas coincidências e descoberto que o senhor desempenhou algum papel nisso. Mas ele nunca terá nenhuma outra prova, além das falsas provas que Valthex lhe daria, e não ousará insistir em uma aventura na qual ele se mostrou tão incompetente. Não é, senhor Gorgeret?

Raoul se plantou na frente dele e, como se o visse de repente, disse:

– O que você diz, meu velho? Você não acha que minha explicação faz sentido, e que ela é a própria expressão da verdade? Nenhum roubo. Nenhum assassinato. Então, você não serviu para nada? A justiça... A polícia... São apenas um monte de besteiras? Um rapaz como eu, simples, modesto, aparece na aventura que você está investigando, desembaraça a meada, pega o projétil que ninguém tinha encontrado, encontra os colares como se fossem seixos plantados... E vai embora, com a cabeça erguida, um sorriso no rosto, com o senso de dever cumprido. Adeus, gorducho. Dê à senhora Gorgeret meus melhores cumprimentos, e conte a ela toda a história. Isso vai distraí-la e só vai aumentar meu prestígio com ela. Você me deve isso.

Muito lentamente, o inspetor levantou o braço e colocou sua pesada mão sobre o ombro de Raoul, que parecia atordoado e exclamou:

— Oh! O que você está fazendo? Agora você está me prendendo? Que cara de pau! Então, eu faço seu trabalho e, em agradecimento, recebo algemas? Imagino o que você faria se estivesse diante de um ladrão, em vez de um cavalheiro.

Gorgeret ainda cerrava os dentes. Cada vez mais, crescia a indiferença e o desdém por esse cavalheiro que manipulava os acontecimentos, e não se importava com o que as pessoas poderiam dizer ou pensar. Que Raoul estivesse se divertindo... Tanto melhor! Gorgeret realmente apreciava os seus discursos, registrava as revelações, ponderava os seus argumentos.

Finalmente, ele pegou um grande apito e o colocou calmamente na boca, soltando um estridente chamado que ecoou contra as rochas próximas e ricocheteou pelo vale.

Raoul não escondeu seu espanto.

— Então, é sério?

O inspetor zombou, com benevolência:

— Você ainda pergunta?

— Então, ainda é guerra?

— Sim, mas desta vez eu me preparei cuidadosamente. Desde ontem, meu rapaz, tenho observado a propriedade; e, desde esta manhã, eu sabia que você estava escondido aqui. Todos os arredores do castelo, todas as muralhas que levam à esquerda e à direita das ruínas e se conectam com este promontório íngreme, tudo está vigiado. Brigada de Polícia, inspetores de Paris, comissários da região, todos estão aqui.

O sino da porta de entrada tocou. Gorgeret anunciou:

— Primeiro esquadrão. Assim que esta equipe for apresentada, um segundo apito irá desencadear o ataque. Se você tentar fugir, será baleado como um cão. As ordens são expressas.

O marquês interveio.

– Senhor inspetor, não permito que ninguém entre em minha casa sem minha permissão. Este homem tinha um compromisso comigo. Ele é meu convidado. Ele me fez um favor. As portas não serão abertas. Além disso, eu estou com a chave.

– As portas podem ser arrombadas, senhor marquês.

– Com uma marreta? – ridicularizou Raoul. – Com um machado? Você não vai conseguir antes do anoitecer. E até lá, como eu fico?

– Com dinamite! – rosnou Gorgeret.

– Você tem alguma no bolso? – Raoul o chamou de lado. – Duas palavras, Gorgeret. Dada a minha conduta na última hora, eu esperava que ambos saíssemos daqui de braços dados, como dois amigos. Como você se recusa a fazer isso, peço educadamente que abandone seu plano de ataque, que não destrua os portões históricos da propriedade, e que não me humilhe diante de uma senhorita, cuja estima é infinitamente cara para mim.

Gorgeret o espiava pelo canto do olho e dizia:

– Você está brincando comigo?

Raoul ficou indignado.

– Eu não estou brincando com você, Gorgeret. Apenas desejo que você considere todas as consequências dessa batalha.

– Estou considerando todas elas.

– Com a exceção de uma!

– Qual delas?

– Se você continuar teimando... Bem, em dois meses...

– Em dois meses...?

– Farei uma pequena viagem de duas semanas com a Zozotte.

Gorgeret se empertigou, seu rosto ficou vermelho, e respondeu surdamente:

– Eu arrancaria seu couro primeiro!

– É isso aí! – disse Raoul, alegremente. E, dirigindo-se a Jean de Erlemont: – Senhor, por gentileza, acompanhe o "Seu" Gorgeret, e mantenha as portas do castelo bem abertas. Dou-lhe a minha palavra de que nem uma gota de sangue será derramada, e que tudo será feito da maneira mais tranquila e decente: entre cavalheiros.

Raoul tinha autoridade demais sobre Jean de Erlemont para que este último não aceitasse uma solução que, de fato, o poupava de constrangimentos.

– Você vem, Antonine? – disse ele, enquanto se afastava.

Gorgeret exigiu:

– Você também, Raoul, venha.

– Não, eu vou ficar.

– Você vai tentar fugir, enquanto eu estiver lá fora?

– Este é um risco que você terá que correr, Gorgeret.

– Então, eu também vou ficar... Não vou perdê-lo de vista.

– Então eu vou te amarrar e te amordaçar, como fiz da última vez. Escolha.

– Enfim, o que você quer?

– Fumar um último cigarro, antes de ser capturado.

Gorgeret hesitou. Mas, o que ele tinha a temer? Tudo estava planejado. Não havia fuga possível. Ele se juntou ao marquês de Erlemont.

Antonine queria segui-los, mas não tinha forças para isso. Seu rosto pálido denunciava uma angústia extrema. A própria forma do sorriso havia deixado seus lábios.

– Qual é o problema, senhorita? – Raoul perguntou a ela, gentilmente.

Ela lhe suplicou, com uma expressão de angústia.

– Esconda-se em algum lugar... Deve haver esconderijos seguros.

– Por que me esconder?

– Como?! Então, eles o levarão!

– Nem em um milhão de anos. Eu vou fugir.

– Não há saída.

– Isso não é motivo para que eu não consiga fugir.

– Eles vão matá-lo.

– E isso a magoaria? A senhora se importaria se acontecesse alguma coisa acontecesse com o homem que uma vez a insultou neste castelo? Não, não responda. Temos tão pouco tempo juntos, apenas alguns minutos, e eu tenho tanto para lhe falar.

Sem tocá-la, e sem que ela tivesse consciência disso, Raoul a atraiu um pouco para longe, de modo que eles não pudessem ser vistos de nenhum local do parque. Entre uma vasto pedaço de parede, um vestígio da velha torre e um monte de ruínas desmoronadas, havia um espaço vazio, talvez de dez metros de largura, onde não se via o precipício, bordejado por uma parede de pedras secas, muito pequena e baixa. Era como uma sala isolada, com uma ampla janela aberta sobre o abismo, onde o rio corria em um horizonte maravilhoso de planícies onduladas.

Foi Antonine quem falou, e com uma voz menos ansiosa:

– Não sei o que vai acontecer, mas não tenho mais medo. E gostaria de agradecer ao senhor, em nome do senhor de Erlemont... Ele vai ficar com o castelo, não vai? Como o senhor havia proposto?

– Sim.

– Outra coisa, que eu gostaria de saber... E só o senhor pode me responder. O marquês de Erlemont é meu pai?

– Sim. Eu vi a carta de sua mãe, ela era bem explícita.

– Eu não tinha dúvidas sobre a verdade, mas não tinha provas. E isso tornava as coisas embaraçosas entre nós. Fico feliz em podermos dar vazão aos nossos afetos. E ele é o pai de Clara também, não é?

– Sim, Clara é sua irmã.

– Eu direi a ele.

– Suponho que ele já tenha adivinhado.

– Eu não acredito nisso. De qualquer forma, o que ele fizer por mim, eu desejo que ele faça por ela. Algum dia eu a verei, não é mesmo? Espero que ela escreva para mim...

Ela falava de forma simples, sem ênfase ou excesso de gravidade. Um pouco de seu adorável sorriso encheu novamente o seu rosto de covinhas. Raoul tremeu, e seus olhos não deixavam de admirar aqueles lindos lábios. Ela murmurou:

– Você a ama, não é mesmo?

Ele disse em voz baixa, e olhando profundamente para ela:

– Eu a amo através de sua memória, e com um pesar que não desaparecerá. O que eu amo nela é a primeira impressão de uma menina que entrou em minha casa, no dia em que chegou a Paris. Essa menina tem um sorriso que nunca esquecerei, e algo especial que me comoveu desde o início. É o que tenho procurado desde então, quando eu pensava que havia apenas uma, cujo nome era Antonine ou Clara. Agora que sei que são duas, levarei comigo uma linda imagem... Que é a imagem do meu amor... Que é o meu amor... E que você não pode tirar de mim.

– Meu Deus! – disse ela, corada. – O senhor não tem o direito de falar comigo dessa maneira!

– Eu tenho, pois não vamos nos encontrar novamente. O acaso dessa semelhança nos ligou um ao outro, com laços reais. Desde o dia em que eu amei Clara, é você que eu amo. E é impossível que um pouco do amor dela não se misture com um pouco da sua simpatia... Do seu afeto...

Ela sussurrou, com uma perturbação que ela não pôde esconder:

– Vá embora, eu imploro.

Ele deu um passo em direção ao abismo. Ela ficou assustada.

– Não! Não! Não desse lado!

– Não há outra saída.

– Mas isso é terrível! Não pode ser! Eu não quero!... Não! Não!... Eu imploro.

Essa terrível ameaça de perigo a transformava. Por alguns momentos ela não foi mais a mesma, e seu rosto expressava todos os medos, todas as ansiedades e todas as súplicas de uma mulher cujos sentimentos, desconhecidos para ela, afloram de repente.

Ouviam-se vozes vindas do castelo, talvez do jardim. Gorgeret e seus homens avançavam em direção às ruínas.

– Fique... Fique... – disse ela. –Vou lhe salvar... Ah, que horror!

Raoul havia jogado uma de suas pernas sobre a pequena parede.

– Não tenha medo, Antonine... Eu estudei a face do penhasco, e posso não ser o primeiro a me aventurar aqui. Juro que, para mim, é apenas uma brincadeira.

Mais uma vez, ela foi influenciada por ele ao ponto de conseguir se controlar.

– Sorria para mim, Antonine.

Ela sorriu, com um esforço doloroso.

– Ah! – disse Raoul – Como você espera que algo me aconteça, com esse sorriso em seus olhos? Faça melhor, Antonine. Se quer me salvar, me dê a sua mão.

Ela estava diante dele. Ela estendeu a mão, mas antes que ele a beijasse, ela a retirou, curvou-se, e permaneceu assim por alguns segundos, com as pálpebras meio fechadas; e, finalmente, curvando-se ainda mais, ofereceu-lhe seus lábios.

O gesto era tão encantador, e repleto de tanta castidade, que Raoul percebeu que, para ela, era apenas uma carícia fraterna. Ela não compreendia a razão, a causa mais profunda desse impulso. Ele beijava os seus lábios macios e sorridentes, e respirava o hálito puro da menina.

Ela se levantou, espantada com a emoção que sentia, cambaleou sobre si mesma e gaguejou:

– Vá embora... Não tenho mais medo. Vá embora... Não vou esquecer...

Ela se virou em direção às ruínas. Ela não tinha coragem de mergulhar seus olhos no abismo, e ver Raoul se agarrando às asperezas do penhasco. E, enquanto ouvia as vozes rudes que se aproximavam, ela esperava um sinal dele, para avisá-la de que estava a salvo. Ela esperou sem medo, certa de que Raoul teria sucesso.

Abaixo da plataforma, silhuetas de homens passavam, abaixando-se e vasculhando a mata.

O marquês chamava:

– Antonine!... Antonine!...

Alguns minutos se passaram. Seu coração estava apertado. Depois ouviu-se o som de um carro no vale, e o som de uma buzina que ecoava alegremente.

Seu lindo sorriso escureceu-se de melancolia, e seus olhos ficaram cheios de lágrimas:

– Adeus!... Adeus!...

A vinte quilômetros de distância, Clara esperava aflita, em um quarto de pousada. Ela se atirou sobre ele, febrilmente:

– Você a viu?

– Pergunte-me primeiro – ele riu – se eu vi Gorgeret, e como pude escapar do seu terrível abraço. Foi difícil. Mas eu fiz bem o meu papel.

– E ela?... Fale-me sobre ela...

– Encontrei os colares... E o projétil...

– Mas, e ela?... Você a viu? Confesse!

– Quem? Ah! Antonine Gautier? Bem, sim, por acaso ela estava lá.

– Você falou com ela?

– Não... Não... Foi ela que falou comigo.

– Sobre o quê?

– Oh! De você, só de você... Ela adivinhou que vocês são irmãs, e ela quer vê-la um dia...

– Ela se parece comigo?

— Sim... Não... Vagamente, de qualquer forma. Vou contar tudo em detalhes, querida.

Ela não o deixou contar nada naquele dia. Mas, de vez em quando, no carro que os levava para a Espanha, ela fazia uma pergunta:

— Ela é bonita? Mais bonita que eu, ou menos? Uma beleza de provinciana, não é?

Raoul respondia o melhor que podia, às vezes um pouco distraído. Ele evocava, lá no fundo, com um prazer inefável, o caminho pelo qual ele havia escapado de Gorgeret. Na verdade, o destino estivera a seu favor. Aquela fuga romântica, para a qual ele *realmente* não tinha se preparado, não sabendo das manobras de Gorgeret, aquela fascinante fuga pelo espaço! E que doce recompensa, o beijo daquela virgem de sorriso puro!

— Antonine! Antonine! — ele repetia para si mesmo.

Valthex anunciou que faria sensacionais revelações. Mas ele não o fez, tendo mudado de ideia. Além disso, Gorgeret descobriu acusações precisas contra ele a respeito de dois crimes, encontrando provas contra Valthex, *vulgo* o Grande Paul. O bandido entrou em pânico. Numa bela manhã, ele foi encontrado enforcado.

O Árabe, por outro lado, nunca pagou o preço por sua delação. Como cúmplice desses dois crimes, ele foi condenado a trabalhos forçados e morreu durante uma tentativa de fuga.

Talvez valha a pena contar que, três meses depois, Zozotte Gorgeret sumiu de casa por quinze dias, e depois retornou para o lar conjugal sem dar nenhuma explicação a Gorgeret.

— É pegar ou largar — disse-lhe ela. — Você ainda me quer?

Ela nunca tinha sido tão atraente, e parecia ter rejuvenescido quando voltou daquela viagem. Seus olhos brilhavam. Ela estava radiante de felicidade. Gorgeret, deslumbrado, abriu seus braços e pediu perdão.

Outro fato, digno de nota, merece ser relatado. Alguns meses depois, exatamente ao final do sexto mês após a rainha Olga ter deixado Paris na companhia do rei, os sinos do reino danubiano de Borostyria tocaram com toda pompa para anunciar um importante evento. Após dez anos de espera, quando não havia mais esperança, a rainha Olga havia dado à luz um herdeiro.

O rei apareceu na sacada e apresentou a criança à multidão delirante. Sua Majestade estava radiante de alegria e legítimo orgulho. O futuro da linhagem estava garantido...